凡人的山嶺

王威智

推薦序

山海

廖鴻基

板塊推擠，山脈隆起，海岸斷層，整排山都站在海邊，台灣東部絕大部份人口，生活在由土石崩落、河川搬運、海浪湧推等三個力量造成的沖積扇平原上。生活在花蓮平原，或稱洄瀾或奇萊平原的花蓮人，除了「後山」以外，最常稱這片山水為「山海花蓮」。

在這一豎一橫山海環境下成長的人，我們眼睛常看見的是切割了後山生活空間恆常不變的三道長線——山稜線、海岸線和海平線。一道是遠在東方海天之際平直無盡的海平線，那裡是釋放朝霞晨曦一天開始起跑的方位；海岸線是海洋、陸地長久以來蜿蜒的平衡交界；另一道是西方山脈嶺頂綿延起伏的山稜線，這裡是吞沒夕陽散布晚霞和星辰的地方。

威智在他的著作《凡人的山嶺》中好幾次提及這道山稜線，有時他在平地仰望，更多時候是他在爬山途中的平視或俯視。這道線其實是隨著他的相對位置一直都在變化。如同威智在書中提到的「相對而望」和「彼此凝望」，也「惟有親身走踏才會生出自己的感受」。

人口不算多，但沖積平原究竟空間窄狹，忙碌平凡的一段日子過後，我們會想要離開，暫時離開逐漸僵化的生活模式，離開逐漸框住心情的景緻，想要調節或變化一下一成不變的自己。這是離開現實的逸興和想望，於是，我們善用會移動的動物本性，外出旅行，或者讓自己跨越視野中恆定的山稜線、海岸線或海平線。

我們總會好奇，那道山稜線後面是怎樣的風景，如同好奇海平線後頭可是一片截然不同於現實生活的新世界。《凡人的山嶺》，帶領我們的眼看見山稜線後面的新世界，帶我們的心去聽見山林的平靜與孤寂，帶我們面對山的重量，並由此思考為什麼爬山？又為什麼「百岳」？

我年輕時零星爬過幾座山，好奇山林風景以外，還想從高處看看自己生活一輩子的地方。中年後航海，追逐海平線外，也想在海上回頭看花蓮。好幾次，當我驅船離開花蓮沿海，從離岸三、四十公里一直到百公里外，回首訝然，台灣那道山稜線只是稍稍降低高度依然如此清晰地橫亙天邊。

「能夠在絕頂之上看見立體的臺灣島，就像受到一種不可取代卻又難以描述的狂喜的撞擊。」威智用他辛苦和勇氣換來的新位置，表達對台灣如此動人的感受。新位置，新感受，新觀點，新思想，變換位置，讓我們擁有不同的視角重新看見自己。威智透過這本書告訴我們，這是個很近又很遠的地方，經常是眼睛看的到，但是必須擁有體能和意願而且得歷經艱辛和些許危險才能到達的位置。

有別於一般旅行，爬山是將自己置入原始荒野中連續好幾天，威智在書中提到，身心將自動漸漸調整為「高山模式」。感官一天比一天敏銳，可以聽、可以看、可以聞的事物漸多，而俗世干擾越來越少。幾天後，「身體髮膚愈來愈髒，感官和心智卻可能愈來愈清明。」

人世生活的方便和舒適，往往形成依賴，不知覺中，我們漸漸關起生存必要的敏銳感官。爬山或航海有點類似，當我們回到原始荒野幾天，常發現世界逐漸安靜下來，這時，我們得以讓自己更知道自己。

山海台灣，生活態度理應積極進取，但台灣社會對山、對海的探索仍抱持著反對冒險的禁制情緒。不少人主張不登山就不會有山難，不從事海上活動就不會有溺水意外，依這樣的邏輯繼續延伸，就會是不開車就不會有車禍，不外出就不會有意外，不出生就不會遭逢不幸……

登山若只是為了衝刺個人登頂記錄而涉險當然大可不必，但現實上，山海環境都是我們環境的最大特色，也是我們當然的生活領域，接觸山、認識海，是台灣如何轉過頭來海闊天空的最大一步。

如何從登山活動中，一步步累積台灣的登山文化，《凡人的山嶺》這本書，讓我們開始看見和思考我們的山和我們恰當的位置。

目次

屏風

我順著岩壁滾落。在離我愈來愈高的山路上有人大喊抓草抓樹。岩壁上只有稀疏的苔癬。我沒有呼救，大概隊友和我一樣都被突如其來的墜落嚇得不知所措。沒有明顯的碰撞，也沒有碎小的石塊跟著我一起崩落，十分堅硬、頑固而陡削的岩面，沒有樹，連一枝讓人興起絲毫寄望的草莖也沒有。那是一個美好明亮的清晨，出奇安靜，不是沒有聲音，而是聲音似乎都被抽乾了。陽光照進溪谷，在枝葉間跳躍，偶爾射下刺眼的星芒。我因其中一道激亮的光芒而分心，一回神只看見狹窄的天空和一塊似乎騰空的巨大岩石，此後即是一片黑暗。

下山後接連幾天，只要清醒我就看見那個滑落峭壁的身形，像乾枯的強迫症患者不由自主盯著一個遭病毒綁架的軟體反覆播放摧人心肝的影片。一次。再一次。另一次。看著看著，掉落的那人彷彿就是自己。

為了趕清早入山，我們前一天夜裡啟程，在登山口前二十分鐘車程處的隧道旁紮營。隔日清晨四點，鬧鈴大作叫醒所有人，也驚動了一山沉睡。巨嘴鴉鼓動翅膀，緩重而規律地啪啪拍動，伴隨著嘎嘎的粗鳴從崖邊漸向空谷中央淡去。夜色仍然深重，還不到清明的時刻，模模糊糊只見霧氣在山谷間流移，把秋意籠罩得比白天更深更濃。

大夥鑽出帳篷，道早問候，一邊撿點裝備一邊烹煮，各自就著簡單的濃湯熱水，啃麵包咬乾糧，罷了即拔營。

迷霧大舉出動，浮飄飄卻又飽厚得像一堵牆，掩住一旁的隧道口，完全看不出公路在此開了山洞。汽車啟動，點亮頭燈，瞄準隧道，光線卻像射進什麼也脫逃不了的黑洞。我們試探性前進，速度只比平常練跑快一點，駕駛非常謹慎，謹慎得彷彿帶領一群唐突之客滑進另一個世界。

山風斷斷續續，霧氣迷濛，一陣一陣灌進隧道。一開始茫茫不可見，愈深

入其中景物反而愈清晰，似乎有個缺口吸去那些源源不絕遠從東方外海順著深狹溪谷漫漫而上的遙遠水氣。白霧從隧道中段開始消散，車燈照亮岩壁上的鑿痕，看來猶如木棉樹幹的瘤刺，尖銳不平。

車廂裡微微騷動，大夥的眼睛和心情像逐漸加快的車速，也像迎面而來且即將錯身而過的出口那樣明顯地亮起來。確實如此，隧道的另一端是無礙的曉色，雖然虛微甚至仍然黯淡，但天確實正在亮開。

我們在登山口附近停車、著裝，互相叮嚀該帶不該帶、可帶可不帶的，還有人打算留下營釘。為了減輕負擔而捨棄必要的裝備，這不是正確的輕量。我卸下背包默默塞進營釘，背包上肩，應該更重，感覺起來卻沒有明顯的差別，大概本來就不輕，稍微重些也無感，特別當確定該帶的都帶了，踏實的感覺會讓負擔感覺不那麼重。世事向來出人意料，一個小時後就有人證明我多慮了，那把營釘沒有機會派上用場，我們甚至沒能走到當天的營地。

東方濺起熹微的天光，像我們即將涉過的溪谷中躍動的水花。氣象預報不假，連日陰雨果然收手，初起的日光在枝葉間流閃，像一首歌。一天、溪流的上源以及我們的旅程，美好的事物一一展開，一如期待與計畫。

我們抱著期待一步一步依照登山計畫書預定的行程前進。一開始是下坡，山徑非常陡，在不到七百米的步程中急降二百五十米，直下塔次基里溪源頭溪谷，要看準踏點踩穩，還要適時壓抑速度。一路上繩索架設繁密，可能是確保繩綁得最密的高山步道，儘管多有險阻，但似乎不如傳說中惡名昭彰。

我在隊伍後方照看。隊友時而握繩時而鬆手，藉以使力或調節速度。這是一段幾乎不勞心肺的下坡路，沒有濃濁的喘息，沒有太多汗水，談笑一直沒有停過。有人喊著回程力抗這一段陡坡，一定慘兮兮，哎哎聲此起彼落，半正經半笑鬧。大家都附和了，但不是人人都走上回程。

和以往的行程沒有什麼不一樣，一切如常，甚至更好，路跡清晰，不見雨露，背包重但不至於難受，林間早鳥啼唱，在我們的言談笑語間穿插飛翔，尤其令人感到野行的愉悅。偶爾有人掉手杖，踩到路面虯結暴露的樹根而滑倒，背包和樹枝藤蔓勾勾纏，又或蹲下繫鞋帶，無一不拖慢行進的速度，嚮導常常回頭顧看。令人在意的不是行程的延誤，而是那些不足道的差池根本不應該發生：鞋帶沒有束緊腳踝因此未受保護、登山杖沒能配合上下坡適時調整長度、沒有遵守三點不動一點動的攀爬原則……。

在第一過溪點之前，一面破碎裸露的崩壁橫在比人高的芒草叢盡頭，初看令人驚懼，但往來頻繁的腳步早在在崩壁腰上踩出明顯的路跡，不是特別危險的地形。大夥撐杖依繩，安然橫渡，隨後再次鑽進又高又密的芒草路段，走了一小段，側身翻過一根阻道的巨大倒木，一一跳下溪床。

溪水在深切的溪谷中奔躍，水花高跳，嘩啦嘩啦，靈動急促，聽起來像ＢＰＭ超過兩百比急板更瘋狂的最急板。溪床寬闊，和瘦削的水流不太相稱，一來時節即將入冬，進入枯水期，也因地形又陡又斜，暴雨突來，水石滾竄，流路不定，或左或右，任意沖刷，溪床不得不鬆弛垮拓，像個張狂而此刻落魄的流浪人。

兩側山坡林樹蔭鬱，時令已過立冬，枝頭卻仍然綠得很野。當時不知，幾個小時後才發現原來不少葉片確實轉黃變紅，而且掛枝在欉，只是滿山繁密，離得又遠，辨認不來。

我們在溪谷摸混了大半小時，才跳過溪繼續走。小徑開在溪岸陡峭的山壁，寬約一尺半，有的路段鋪著落葉枯葉，有的是裸露的岩石，山徑蜿蜒向上爬升，坡度不小，大家開始揮汗，此前沿途不斷的笑語漸漸疏淡。

我邊走邊探看下方的溪谷，想著不久前才跨過的大溪的源頭，與在地圖上用手指擦過或在螢幕上滑鼠滑過電子地圖完全不一樣，溪水清澈如無物，即便如此也沒有人樂意將四肢或身體任一部份浸入冰冷的水中。在少數路段我聽見

屏風

泠泠溪水激撞的聲響，從深深的溪谷像霧一樣往上飄，像霧一樣縹緲稀微，不仔細根本聽不見，正在聊天談笑的自然不覺。

四周安靜下來，談笑中止，突然斷電似地。

前方是個往右手邊凹入的小山坳，勉強在岩石上走出一條路，裸露的岩石成直立縱片狀平行排列，頂端鈍圓，山壁上架有繩索，雙手必須拉著扶著繩索一步一步橫身蟹行。嚮導帶著並看著幾個隊員安全繞過山坳盡頭進入另一個彎道，我在隊伍尾巴，不清楚山坳裡出了什麼事，但一團蘋果綠驟然從右側衝進視野，直墜溪谷，看起來像一隻背包。

有人掉下去——

尖銳的喊叫劃破美好的寧靜。

她沿著稀疏苔癬覆生的岩壁快速滾落，我大喊抓草抓樹，隨便抓住什麼都好。她沒有呼救，大概和其他人一樣，都被突如其來的墜落嚇得不知所措。沒有撞擊聲，沒有碎小的岩塊因她擊落崩落，那是一座相當堅硬頑固的岩坡，陡削的壁面沒有樹，連草莖也極稀疏，這使得我的嘶吼顯得非常可笑。那是一個美好光亮的清晨，樹林、岩石、溪谷、蟲鳥……四周異常安靜，不是沒有聲音，而是聲音不知道被什麼東西抽乾了。陽光照進溪谷，在枝葉間跳躍，偶爾竄出刺眼的星芒，我因其中之一激閃分了神，再回神她已經消失在一塊陡然向溪谷突出的巨岩之下。

她一定在溪谷某處，我看不見，不敢猜測她的安危。嚮導揹著繩索回頭，要求眾人留在原地。有人噤聲，有人眼眶酸紅，有人開始哭。我卸下背包，確認事故地點，請隊友急電求援。我打算直接下至溪底，但馬上就放棄了，一方面確實不容易，一方面因恐懼而戒心大起，不敢躁動，只好回頭衝向山路與溪谷交會處，沿溪床往下游搜尋。

匆忙中我重重摔坐在溪石上，勉力站起繼續找，在溪床上跳躍奔跑，很喘卻感覺不到心跳。我從溪谷往上瞥見枝葉間衣飾鮮豔的隊友，我呼喊，如同野獸，希望他們指點大略的位置，但似乎沒人懂我的意思。我像一頭絕望的野獸，在深墜的溪谷中嘶喊。透過林間葉隙，我看見嚮導振臂疾揮，作勢要我回撤，他的手勢被密密的枝葉截成虛線。我不願放棄，繼續往下游踢去。

溪谷拐了彎，岸邊露出那一團艷翠驚心的蘋果綠。除了肩帶斷裂，背包幾

乎是完好的。再往下幾公尺，她在那兒，在溪床上，側臥，溪水撫過她的臉，她的雙臂，兩隻掉了鞋的腳，水中有稀淡的血色。我將她抱離冰冷的溪水。她的頭癱仰，似乎不與身體相連，很像出場不久便晾在一旁的布袋戲偶那樣無神，一頭長髮剛剛洗過沖過但來不及擦乾吹乾似地滴水連連。我吃力騰出手捧起她的頭，讓她就近躺上一塊平坦的大石，查看她的生命跡象。沒有脈搏，沒有呼吸，我側耳貼上她的胸部，聽不到心跳，最後試起只對道具安妮試過的復甦術。

在此同時，我幾乎已經確定我所能做的對她而言終究只是徒勞，卻不得不做，基於責任、同情、同理，我甚至必須積極而非不得不。她的體軀四肢多處瘀黑，血在灰黑的石面上緩緩凝聚，以慢到不易察覺的速度滴落奔跳的水流，那是一條孕育並餵養生命的大溪的源頭，此時卻像一頭透明怪獸，一點一滴將她抽乾。

兩位隊友隨後下到溪谷，在他們護持下我揹起她往上游走回山徑，愈走愈沉，幾乎被壓垮。我放她躺在平坦的溪岸，從她的背包找出備用衣物將她覆上，等候救援。

溪谷上空傳來啪啪重響，一架雙螺旋槳直升機在頭上盤旋，機組員一定已經得知我們的座標，只是峽谷太窄，林樹太密，使得那樣的龐然大物難以施援。螺旋槳鼓動大氣，吵噪難當，兩度來回滯空後離開了。四周安靜下來，樹梢不搖不動，風沙沉落，天空湛藍。

正在附近進行年度訓練的救難隊獲報疾馳來到，帶來簡易擔架，我們合力將她抬往上游開闊處，引燃枯草敗枝，再覆上鮮青的芒葉，昏白的狼煙扭飄而上，無線電斷斷續續傳來粗嘎急促的指示，要求移往上游地勢更開闊更乾爽的砂石灘。

另一架直升機趕到，螺旋槳固執而猛烈地旋轉，翻擾即將入冬的大氣，攪動地面的沙塵。高空清朗澄澈，藍得甚至令人感到心醉，樹林裡的紅葉黃葉因動盪的氣流而漫天騰旋飛舞，那是一幅艷麗卻異常冰冷的風景。空勤隊員熟練地將她勾掛上纜，以穩定安全的速度將她拉進機艙，勉強在空中滯留了幾十分鐘的機器動了起來，升高，掉頭，飛出山谷，遠離眾人的視野。

我蹲下，精氣放盡，跪坐在每經一次暴雨必然變形一次的溪床上。生命脆弱，有時不堪一擊，這次不是聽說，不是空談，不是在紙上，而是在眼前，在豐茂的野地。我第一次摸到「脆弱」這樣一個空泛的形容詞的形狀，感覺它跟一顆蘋果一樣有形體，有顏色，有重量，還有味道。我在沙石並陳的溪床上掩面痛哭，直到有人將我攙起。

每一座山都是巨大的屏風，它們一直都在它們存在的地方，我看見，試著接近。它們在那裡，就在那裡，那是一種巨大而蠻橫的存在方式。

在密不透風的箭竹海泅泳鑽行，在寬僅尺餘的中央山脈尖削的稜脊上寸步移行，橫渡荒涼的石瀑，攀爬滑動的崩壁，那些時刻我究竟感受到什麼想著什麼，實在不像準確的行程記錄那樣易於表達。瞥見阿里山龍膽的豔藍花朵，偶遇潮濕林蔭腐土上挺立的綺麗菇蕈，站在雪山北峰眺向起伏的聖稜線，行經能高道越嶺點凝望群山分列如摩西破海般聚納普通生活中幾乎天天橫越的木瓜溪……，往往我只能張口結舌啊啊驚讚，無法置諸一字一詞。

山巒荒深，美麗天成，殘酷人自為之。如何遠望屏風貼近屏風爬上之後安然退回原地再度遠望，憑著有限的經驗，不是易事。我從未在山頂歡呼、跳躍，從未在三角點表現過度乃至狂妄的舉措，不見得確實遵守前人老手諄諄叮囑應該謙退卑下，得意忘形刻意放肆則從未有過。

我經常想起將我粗魯扶起的年輕救難隊員，與其說他不露哀矜，不如說他冷靜到了近乎冷血的地步，大概惟有如此才能準確執行每一個必須執行的動作，例如搜尋、搬運、協助吊掛……。他說：你做得很好，不簡單。意思是我像他一樣冷靜，或冷血是一件不簡單的事情？

歉意是必要的，對她以及她的家人友人，沒能陪她安然返回普通的生活是不可挽回的錯憾。我也必須致謝，她令我確信無常的真義。如今她化作巨大的存在，為此，我深致敬意。

透明的風景

從馬博拉斯橫斷、南二段或者南一段那些同屬標高三千以上或更高的峰頂，例如轆轆、南大水窟、海諾南……等諸峰，都能輕易認出新康。很少人不同意新康是座霸氣的山峰，特別當站在臺灣脊梁山脈主稜，遠眺稜線以東，一顆山頭從廣闊深邃的拉庫拉庫溪流域高跳而起，如此不群，令人感到突兀，甚至有些倔強的意思。

如果天氣晴朗而水氣不甚瀰漫，新康正東方遠處的玉里平野當會現身，隱隱約約，特別在入夜燈火初起，或者天色將明未明而所有亮了一夜的燈光將熄之際。對於不是天天山裡來去的登山人，那些遙遠昏微的光芒往往是強大的呼喚，提醒還有日常軌道等著下山後繼續循行。高山的風景與感受是罕有的，不是普通的生活，不是時時刻刻陳列在眼前的風景，只在特別的規劃與準備而後成行的高山之旅才得一遇。

但天天看見孤卓的新康山，看見新康所在的那一線岔出中央山脈南段的支稜在寒暑晴雨雲霧之中的種種顏色，想必是另一件悅目動心之事。今天看，明天看，天天看，如此，新康這樣一座大山就會變成生活，變成日常的必然風景，不需要特別在意，比如空氣與清水，無所不在，不可能消失，也不可以消失，晴時青蒼偶雨陰鬱，高大的山容、黛綠的山色最後都將變得透明，透明到令人安心。

天光早在日出之前就亮起，那些涼冷的光線來自地平線以下，散射的陽光以持續變動的角度一點一點染亮草木和屋舍，採花人已在金針園開始一日的勞動，雙手齊拈，技術純熟，眼光銳利，堪折之花也好，須折之花也好，一一入袋。蒂、蒂、蒂，花苞折蒂離枝，很輕很輕的聲響，大約只在一日初醒時才勉強可辨，因清冷的空氣而凝聚、放大，彷彿經過擴大機與揚聲器的加工，在植滿金針草的山坡點點跳躍，沒有旋律，只有細碎鼓點般的蒂蒂疾響。滿山遍野都是綠，綠得很整齊，上頭綴著一層溫暖的橘紅色，這片山野的豐滿與自然而

然的平靜似乎不亞於舞台上憑空而降的金黃穀雨。

這是一場限時的演出，日頭一升起，各種營生活絡起來，此一聲響就不得不遭到淹沒，田間只剩對抗日曬而密封全身的採花人，微微彎腰，以穩定的速度在田間往復推進，不停摘下花苞放進背後的集袋。這當然是辛苦的勞動，局外人如我者如果無法體會，至少也要理解，單純的美妙往往是勞力的累積，汗水可能比旁觀者想像的更沉重。

很少不專心的採花人，即便技術泛泛也不偷懶，花苞之堪折者不折，隔日即怒放，花開得愈多愈燦爛，意味著前一日疏漏愈多，辛勤栽種的農產於是不得不美麗地毀於一旦。偶爾也有出格的——或者說出神的——採花人，呆立叢花之間，雙手插腰，時而望著碧藍的天空，時而看向遠方的山，一會才悠悠想起該做的事。

我循著採花人的視線跟他一起看，看他看什麼。

陽光剛剛高過海岸山脈，中央山脈漸漸亮起，稍早山色還墨陰陰的，不及一餐飯的時間，那山已蒙上薄薄金光。採花人的視線射向那些閃亮的金山，一開始可能是以地名為名、山體龐大的玉里山。那是一個異常新亮的早晨，玉里山隔著一溪一谷，像一顆巨大的翠綠寶石，微微發光，很有元氣，精神飽滿，彷彿宣告「我在這裡」，絕不可能忽視或誤認。玉里山峰頂立著一枚一等三角點基石，本該視野一等，但密生的高山杜鵑擋下視線，只留一側在天清氣朗時讓人眺看玉山、新康、新仙、布拉克桑、丹大、喀西帕南、馬西、布干……，而腳下的縱谷和對面的海岸山脈，不用說，當然是一清二楚的。

採花人稍稍向左轉了頭，方向西南西。我隨他轉頭，最高最明顯的地標正是新康。

他終於回神，從青翠的遠山回到切身之近的花田，兩眼盯著不及腰際的花苞，以顯然稱不上高超的技術摘取。他在出格的那一會兒看見什麼？知不知道

令他忘神的山頭和他一樣有名字？那些名字對他有沒有意義？

對所有樂於跋涉的健行客，「新康」如此無奇的名號簡直就是聖蹟，遠遠瞻仰不成敬意，遲早必須走訪。然而此地天天可以看見新康，在新康的注視陪伴下工作生活的人們，會特別注意玉里山、新康山乃至北方馬博橫斷一線的喀西帕南以及同樣也是一等三角點的馬西山嗎？他們在意山的名字嗎？如果只是天天看著，不打算爬上山頂，有何必要非記住群山的名字？

標高、營地位置、水源在哪裡、看天池還是活水、斷崖、崩壁……，這些都是山間去來必備的基本知識，也是確保返回普通生活的最低要求，上山前預想撤退路線，而途中的突發事件往往必須憑經驗以應對，或化解，或延緩，或在求援的同時設法自保。

一早我沿著海岸山脈西麓的環狀產業道路或走或跑，離那個出神的採花人有段距離了。我想起第一次走向新康，出發前一再翻看地圖，強記每日行程，布新營地、桃源營地、新仙山營地、抱崖山屋，何處取水，哪一天需要揹水，以及輕裝往返新康途中一處懸崖下箭竹叢中一頭倒臥不動的水鹿，腐敗的氣味比它碩大的身軀更粗壯，如此新鮮而強大地向翠青的枝葉蔓延，徹底征服當時的嗅覺與其後的記憶。

然而他完全不必了解——或許他熟知——每日所見的那一列位於西方不遠處的的龐大山體，卻可能以一種更輕盈而單純的官能領受山頭的晨昏雨露，以忘神而遼闊的仰望熟悉群山的擁伺，然後瞬間回到現實，繼續勞動過日子。

我的新康與他的新康顯然不一樣。就在我一身淋漓爬上三角點，細數認識的山頭，同時聆聽認得更多山頭的前輩一一指出我所陌生的山頭，那一刻或許他正出神望著我所在的新康峰頂。

他當然聽不見也不必聽見絕頂上的叨叨絮絮。所有執意跋涉深入萬山者在隔著一溪一谷的他的眼裡只能淹沒於高大的山容與黛綠的山色，毫不顯眼地融進他的日常生活，最後變成一幅透明得令人心安的風景。

黑山行

現此時，我是個賊，潛伏的山賊，躲在小貨車後車斗的篷架裡，裹著睡袋，睡袋下墊著紙皮，紙皮下是黑色橡膠墊。膠墊有點髒，平常這輛車用來載運青菜蘿蔔，牛羊豬雞之類的禽畜生肉，還有那些菜肉燒成的便當飲料，現在是我和我的腳踏車藏身所在。

一輛汽車呼呼疾駛而來，闖過半開的柵門。黑狗花狗還有一隻斷了腿的，眾犬齊吠，很有些歡快的意味，雨中的向陽頓時活潑起來，粗碩的五葉松似乎也醒了，唰地因風一抖，抖掉千萬顆霧聚的水滴。

闖關的是個年輕人，紅燄燄的休旅車，直衝到哨管貨櫃屋旁急停，離那條繫滿三角小紅旗的細繩僅半個車身。南橫支離破碎，一條三毫米粗細的尼龍繩阻斷東端這一頭，傍晚五點起再加上一道粗沉的鐵柵，直到隔天清晨七點。年輕人和管理員聊起來，我在柵門外，隔著一段距離，隱約聽見「路斷」、「八八」……。

一支菸的時間。

年輕人倒車退出柵門，迴轉，掉頭，下山，跟來時一樣，排氣管呼呼噴響。節奏強烈的嘻哈歌曲從窗口逸出。副駕駛座有個年輕女子，一頭長髮，洗髮精廣告裡的那種。狗兒對著遠離封鎖線的汽車又瞎叫一場，零零落落，不太有元氣，末了還拖了幾聲刪節號似的嚎哮。管制封鎖的日子應該很無聊，陪著管制封鎖的日子一定也很無聊，除了工程車和重機具，它們不會遇見其他車輛，沒有其他車輛獲准越過關卡深入中央山地。

我的小貨車旁停了一輛轎車，行李廂蓋開開闔闔。稍稍推開廂門，我從縫隙間看見轎車行李廂裡塞了一只大背包，一名中年男子東掏西翻，時而取出護膝，時而檢查水壺，不時踱步來去，賊頭賊腦，腦袋裡轉的多半與我同一個念頭。過午不久，這種時候來到向陽，通常立即啟程前往向陽山屋，只要兩個小時，隔日再上嘉明湖或往南二段的拉庫音溪底山屋前進，新康山也從這裡進出。為什麼不上路？

「要上去嗎？」我湊過去搭訕。果然裝備齊全，登山杖、護膝、登山鞋、鍋具、爐頭……一樣不少。

「剛下來，昨天山上狂風暴雨，跟颱風一樣。」這不假，山下也連著幾天雨，根據氣象局的觀測，前一天這一帶累積雨量超過一百毫米，圖示是一團深深血紅，看起來像轟炸後的慘況。

他說四天前和兩個山友趁夜——果然是山賊——翻過森林遊樂區入口，一路摸黑，上午八點就到布新營地，稍微休息後繼續走，當天在桃源營地過夜，第二天輕裝往返新康山，第三天回到布新營地，緊接著來回布拉克桑山，第四天回到登山口。不得了的體力，令人驚訝的腳程，但這麼拚命為了什麼？一樣是爬山的，我不太能理解，直到他說其中一個同伴在新康完百，他自己在布拉克桑山完百。

「恭喜。」

「沒什麼，完百的多的是，只是愛爬山而已。」

愛爬山？我還是沒能完全理解。如今完百一點也不稀奇，往往只是在名列百岳的其中一個山頭拉起紅布條，或山下慶功宴席開數桌五八高粱十八年威士忌一瓶接一瓶的理由。為什麼百岳？

我躲回基地，山裡早暗陰冷的午後，最適合裹在睡袋裡。我不得不慎重思考，想著自己是不是也正在做一件連自己也說服不了的事情？我來，不也是打算偷兩顆百岳？外頭小巴來來去去，商業團領隊忙著遞交入山文件，揹工忙著把一包又一包裝備食物綁上揹架，還有一群又一群看起來很嫩的入門者，全副武裝，帶著一種踏上征途的莫名神氣，卻又透著初次出征的羞澀，麻雀似蹦來跳去。我是不是也曾露出同樣的神情？

汪。汪汪。又來了。

夾在連續吠聲裡的還有陣陣吃力的引擎吼聲。我起身隔著駕駛艙後方的玻璃窗望出擋風玻璃，恰好瞥見一輛鮮黃色自行車溜過，速度不慢，一名女子身披十元雨衣催動一輛小速克達跟在後方。自由車選手的例行訓練嗎？狗群嘶喊得非常賣力，比起汽車，兩輪無動力車新鮮多了。

仔細偵看確定四周無人，我輕輕推門跳出去，假裝不經意走進柵門。那個騎士一身螢光綠，從頭到腳裝備齊全，在貨櫃屋前和管理員講話，似乎正在交涉。黑狗一見我便人立，喊了兩聲，拖著長長細細的鏈條在狗屋前奔來跑去，尾巴搖得很厲害。監視鏡頭架在狗屋和貨櫃屋之間，如龍舟奪標手般探出機身，虎視眈眈，深綠屋牆上寫著「錄影監視中」，斗大雪白，一副隨時逮人的架勢。鏡頭對準鐵柵門，如果運作確實，那麼人車進出不可能避得開。貨櫃屋對面的邊坡不高卻相當陡，細看似有路跡，強行爬上之後在密密的草木間撩過一段再下到公路，可以閃過電眼，卻免不了觸動狗鼻狗耳。

我繼續往前，一邊觀察，一邊試著插入他們的談話。

騎士腳踏卡鞋，喀，喀，喀，泥地冒出悶悶怪響。騎士說：「以前我常來，嘉明湖走過好幾遍。那個……某某還在不在？」

「早就退休了，好幾年囉。」聽起來這個哨管為這條殘破的公路已經花上一大段人生了，對來來去去的人事景物十分熟悉。他們敘舊似地又說了些爬山人的惡習，垃圾、闖關之類，結論是應該嚴加管制，公路也不要修建，讓大自然休養生息。

「雨下幾天了？」趁著空檔，我插了話。

「這裡就是這樣，一年到頭溼答答。」哨管乾笑一聲：「這也不是雨。」

我當然知道此地霧林，終年潮濕雲霧繚繞，經常落下的不是貨真價實的雨。這樣也好，被當成傻子，少點賊樣。他又問是不是來爬山，我回是，先來等人，明天一早上山，轉頭手一揮，指著下方人進人出的登山口，這是真正的謊話。

天色漸漸黯下，登山口很安靜，大家都上路往中繼山屋去了。雨一陣一陣，氣象預測今晚雨停，明天晴時多雲。帶著疑惑，聽著雨滴，在睡袋裡躺平，默默確認毛帽已套上，頭燈、雨衣、防風外套、GPS、電池、水、麵包……都準備妥當，腳踏車在一旁待命，就缺充足的體力。我忽然體會，賊人好像不需要勇氣，潛入和逃跑需要謹慎、安靜和體力，他們因此是理所當然的膽小鬼。

勉強入睡和被迫清醒是同等的折磨。我閉起眼睛，看見一片黑，異常清晰，什麼都沒有，只有黑，但就是看得見，沒有盡頭，遠方偶爾發亮，一閃而逝的亮光。霧氣被推向松針，附著其上，愈來愈多，我想我應該聽見它們聚成水珠的聲音，像微弱的鐵琴琴音從葉端滑落，波及下方尚未成形的水珠，一顆一顆，墜離針尖，發出根本聽不見的——極其模糊，但以賊之名，我確實聽見——嚓嚓聲，穿破瀰漫升騰的霧氣，落在草上、石階上、瀝青路上和小貨車的篷架頂上。

海拔令耳目敏感，非常敏感，一頭賊腦運轉不停，時間又不對，此時此地安穩入睡實在過於奢侈。我放棄，睜開眼，還是一片黑，什麼也看不見的那種黑。突然一陣強光，有人拿了手電筒對準駕駛座。賊畏光，這個道理一瞬間我就懂了。是一旁派出所的警察？還是哨管？我放緩呼吸，凍結所有動作，身體差不多跟冰櫃裡的牛腱羊腿一樣，惟有如此才能讓小貨車像小貨車，不令人起疑。燈光左右擺動，外頭來了一個嚴格盡責的夜巡者。腳踏車晶亮的手把倏地一閃，不知夜巡人是否注意到了。

光走了，黑暗回來，一切安好。

我坐起來，點亮頭燈，迅速切換到最低亮度，把書翻出來，在眼科醫師禁止的黯淡中開始讀：

我看見叢林裡捜地冒出一條閃電，窸窸窣窣眨亮眨亮，活像一隻金黃色大蜈蚣，只管扭擺著腰肢，張牙舞爪一路攀爬上天頂。我昂起脖子瞇起眼睛，只見太陽下凝聚一簇雪白電光，好久好久，停駐在馬當山巔那一穹窿藍天白雲中，一動不動。叢林裡的鳥叫聲霎時安靜下來。鳥兒們全都鑽出林子成排棲停在樹梢頭，汗湫湫抖簌著五彩斑斕的翅膀，一窩一窩挨挨擠擠，個個睜著眼珠子楞瞪著天頂那一簇電光。悄沒聲，整座森林的飛禽走獸全都拱起肩膀，縮住頭顱，紛紛伸長脖頸，豎起耳朵靜靜等待雷聲。

書是特地帶著的，封面有一道摺痕。在如此孤單安靜的深山之夜，讀著故人書作，不可能不想念那樣一個浪浪瀟灑又溫柔的大塊頭，對他的回憶與他在字裡行間所描寫的兩相纏織。有一年秋天，當然是秋天，校園裡的欒樹掛滿絳紅蒴果，比早先的黃花還艷麗，我遠遠看見他歪歪扭扭騎著一輛破車，龍頭前籃子裡癟著幾隻鋁罐，手裡還捏著一隻，就在幾乎摔車的那一刻，他爽快放下兩隻長腿，穩穩貼著地，一隻手扶著手把，另一隻抬進嘴邊，背對著遠處高高突起的木瓜山，仰起頭，幾秒鐘後把跟天空一樣藍的空罐輕拋進籃，然後下車，牽著車，在寬闊舒裕的大片綠地旁走著。我忍住不叫，也沒湊近問好，他正享受著啤酒花和綠樹的氣息吧。那是美妙的時刻，美妙的畫面，不應該打斷，不准劃破。我在最近的路口拐彎離開，再沒見過他，有時想起那一幕，想起他，很用力地想到他，還有他教過與交代過的。

噗——有人劃破平安夜。

來了一輛速克達，駐車架吋一聲放下，停在小貨車旁的停車格，沒熄火，噗噗的引擎怠速聲很輕很規律，應該是一輛還很年輕的機車。我推開側廂門，從極窄極窄的小縫窺看，車前燈照亮一個孤單的身影，是個年輕人，套著保鮮

注意強風

膜一樣薄的雨衣，腳踩涼鞋，走向柵門。不會是一時熱血打算夜騎，從中央山脈這一邊穿往另一邊吧？狗叫得很兇，彷彿貼著大聲公，十分盡責地擾動寂靜的山。

年輕的速克達決定離開，載著對路況完全無知的年輕人下山。霧氣很濃，風一陣一陣，霧雨細得像一種神奇的軟針，刺著篷架頂，繡出綿綿密密的碎響。我又一次檢點裝備，套上保暖面罩，樣子像電影裡的匪類，只露出眼睛嘴巴，纏上圍巾，從額頭拉下頭燈，項鍊般掛在頸間，然後躺平。此時還站著的大概只有山和樹了。我想。

手機鬧鈴在胸前口袋第一次震動，四點，一夜好眠，沒有夢，要不就是忘得乾乾淨淨。一把推開門，這個時刻不怎麼需要顧慮，大家仍在睡中。雨果然停了，霧也散淨，朗朗的夜，路面中央已乾，但兩側低處餘有殘水，不知哪裡來的光映照其上，迷茫散射，四周一片冷白。

動手呢？還是守規矩？猶豫跟著醒來。

天候相當接近預測，此刻監視哨無人，但有狗，還有監視鏡頭，我裹在睡袋裡，回想前一天傍晚在邊坡發現的疑似路跡，考慮有無可能爬上去沿草坡在林下走小一段，一百公尺就夠了，可以躲過錄影，至於狗，只能隨它們了。有人留下一篇記錄，三人隊伍大搖大擺走進登山口，途中下切，先遇到路跡明顯的關山越嶺道，再下切，不久接上公路，正式展開計畫中的行程。我沒有申請入山，此時登山口也被一道粗壯的柵門守住，重點是如果我採取同樣的策略，不但路途更遠，腳踏車也用不上，必須全程徒步。此非我道，漂亮的賊追求速度，講究效率。

手機第二次震動，四點半，再來天色漸明，應該有所決斷。

清晨的空氣一如往常迷人，冷冷涼涼，冷才顯得乾淨，好像也因為冷，聲音都凍結了，萬物只剩剪影，山、樹、獸……。我發現，極其驚訝地，月亮高掛夜空，中秋過後三、四天，有些癟，像削去一邊的喜餅，但油亮不減，忽然間好像懂了從前課本用來形容月光的「皎潔」究竟是一個怎樣的形容詞，眾星繁密，即使宇宙無垠，此刻也要嫌擠。

路面尚未乾透，但比起半個小時前，濕暗處確實少了。此刻不進，更待何日？我爬回前進基地營，穿鞋，繫鞋帶，再次檢查裝備，屈著腰勉強活動關節，權充熱身，戴上賊面罩，卸開腳踏車固定索，讓腳踏車靜靜落地，輕輕闔上廂門，沒有多餘的聲響，感覺自己真是個賊。

根據再三勘查思前想後的結果，柵門邊公路下方的短草坡是最佳路線，和粗壯的鐵欄柵正面對決，硬把車抬過肩膀高的柵門絕對不智，既費力，東撞西磕又不免碰得匡噹匡噹。吵鬧的賊有辱賊名。踩草上坡，牽上車又拉又扯，費了些氣力終於繞過關卡，一過關，上了路，跳上車，蹬起踏板，拔身抽車，龍頭一抬，後輪一翹，那條三角旗細繩離地不高，一躍即過。

沒有感應燈，沒有狗吠聲，太安靜，太順利，但還不是得空放鬆的時候，腳下不敢懈怠。離第一個黑目標——也就是公路越嶺點——還有七公里，海拔落差六百公尺，那裡是第一座黑山的入口。由於緊張，又因上坡，短短五百公尺就催得我喘噓噓，全身發燙。

山真的很黑，不知不覺雲已遮斷月光，車前燈電力充足，照亮的卻僅及前方五尺，幸而天色將明，熹微的日光漸漸描出山樹的輪廓。

起風，離埡口愈近，風勢愈明顯，頻頻掃動落葉。雲海盤據，有的山頭隱沒無蹤，有的只露出峰巔，視野之內漸漸明朗。踩車爬坡不如徒步，雙腳才是可靠的載具，牽著車已走上好一陣，如入無人之境，不，一路踏來踩過枯葉，閃過盤據路中的細碎落石，此刻此地不止如無人之境，而是實實在在的無人之境。

早先的汗水和不安，風都拂淨了，賊念頭暫時退至腦後。螢光綠騎士的堅定論斷不期然在耳邊響起，他的見解是合適的嗎？大自然真的能收復「屬．於．祂」的領地嗎？我們以巧技介入被發現且力所能及之地，那些開山破石的物理性介入猶如加諸田間的化學助力，不都是不可回復的破壞、毒害深入的阻力嗎？介入即破壞，肥料即毒料。天地的面貌在眾生觸摸的那一刻就烙下不可能抹平的印痕。

像我這樣一個山賊，一個不懷惡心思的山賊，只想攀爬，在杉松之下穿行，撩開露珠滿掛的高密箭竹，不在意為之掠濕，放步於僅僅及膝而恍若無邊的箭竹坡，只想緣繩撫石而上，或越過倒木，或趴伏其下屈身鑽過，在一個偶然的崖邊的密林缺口，駐足遠眺雲層因溫差受阻不得浮升而寬平如海，或受氣流牽曳而為瀑，其後終於上抵某個峰頂，在颯颯風中縮頸抱胸，在朗朗日頭藍晴空下遙望稜線起伏巒嶂層疊，從綿延的山列試著一一指認山頭。

這樣一個無奇的慾望怎會遭到封鎖，不得不暗夜埋伏伺機謀動？懷著善待之心，仍不足以善處於自然山川之間嗎？有人嗜海，有人好山，一旦遇難持同理相待之心互為援手，有所自覺的爬山人都認為那是必須實踐的平凡道理吧。冷語譏訕浪費公共資源固然有欠厚道，那些誇口年年納稅所以國家營救有責的爬山人也當心虛，尤其多數人繳付的稅款並不足以負擔直升機執行一次任務，即使一場有組織有規模的地面搜救也支應不起。姑且不論申報是否如實，也不計繳納之多寡，爬山純然是出於個人興味的私事，毫不猶豫地聲討公門援助，撇除一己之過，要求他人承擔遺憾，這是一顆正在成形的惡果，無論如何不應長成一種風尚。

令人遺憾地，這顆惡果的養分源源來自一株名為封山禁海的惡樹。山海從不啟動無謂的禁錮，封山禁海是國家怯懦怕事的具體體現，以保護之名行禁制之實。人們需要的不是消極的保護，而是積極的放任，以認識充足準備齊全為充要條件，或者上山或者下海。沒有人願意胸肺之內長著一顆狂野之心卻不准跳動，我們期待的是這部由人民餵養扶持的機器有意義地運轉，遵循根本大法所揭示的自由遷徙的精神，聽任我們在國界以內所有無礙國家安全的地域自由來去，而不是粗魯地攔路立柵，高舉愛護之名實則逼良為賊偷者流，入者或死，全身而退者罰。像我這樣一個孤僻的山賊，不習慣聚眾嘶喊，無法配合協力爭取，於是只有消極抵抗，盡可能增加知識鍛鍊體力，盡可能不仰賴支援救助，盡可能安全地繼續進出公門點名的黑山。

一練練山澗沿著破碎的邊坡墜下，有的掛在本非水路的山壁上，一絲細流像驚逃的幼蛇唰唰落在路肩，有的溪溝匯集來水嘩啦嘩啦奔騰而去。一路上奇異的寧靜終於被這些大小粗細不一的水瀑打出缺口，脆弱的地質也禁不起長年的滲透和突來的沖激，愈接近越嶺點，路面愈殘破，土石路面漸漸取代瀝青，有一段如陷阱般凹落，路基嚴重塌陷甚或完全流失，沒有新闢的路徑，也不回填，而是順著塌陷的凹面理出一條堪行的路跡。駁坎也愈來愈頻繁，不少是新起的，但有些已不敵而垮斜，嚴重的近乎崩潰。

繞過一個向山谷突出的彎道，眼前所見令我不得不停下來，扶著車考慮下一步。大量礫石從山坡上方崩落，彷彿經過精密的計算嚴謹的施工，這項完美工程的成果是一片有著平整斜面的坍塌，落石埋沒公路，與路基夾角五十度，或許更陡。我站在它面前，一時失措，想像落石奔騰而下衝向公路的畫面：那些停不住的硿硿硿滾過公路，爽快墜崖，虛幻冷澀的風切取代存在感洋溢的硿聲，最後它們會在深深的谷底再次以自己的軀體確信自己的存在。我不想以同樣的方式確認自己是否存在，也不願就此折回。放下駐車架，爬上亂石坡，站在高出路面一公尺處，離路緣大概也一公尺，不至於令人失神無主的安全距離，腳下踏起來是穩固的，是出自大自然之手的紮實工程。我讓肩膀穿過腳踏車橫桿，扛車走險，比較吃力但可能更安全，一步一步，走這種路，慢就是快。

天已大亮，在背光的山坳走了好一段路，少了日光的早色依舊清明。往前望去，第一顆黑山在對面的稜線上探出頭，陽光射落，正微微發亮。

路旁停著重機具，還有水泥、鋼樑鐵柱之類的建材，怪手把挖斗前端的齒爪插進臨崖的護欄，卡在粗壯的鐵製邊柵。離越嶺點不遠有一片大坍方，公路靠山這一側有兩面相鄰的山坡，坡與坡的上端看起來如一處小鞍部，順鞍部而下凹成U形谷，不深，但谷中積滿崩碎剝裂的岩礫爛泥，大量土石覆蓋公路，路基墊高一層樓，路面崎嶇不平。愈接近越嶺點路幅愈寬，散落路面的石塊也愈多，都是暴雨沖刷的痕跡，洪水的流向大約就是殘留石礫粗細分布的方向。

越嶺點的隧道貫穿稜脊正下方，兩端開口都像峽谷外的沖積扇，十分寬敞，從前車水馬龍，此刻只見我一個賊。紀錄中登山口開在隧道口右側，就在廣場邊，一道木梯接往山徑，直上陡坡，爬抵稜線，之後大致循稜前往黑山三角點。

舊照裡顯眼的木梯和登山口已消失，看不出黑山曾經是最熱門的郊山化高

山。黝黑的山洞黯極無光，宛如一條通往異世界的密道，瑟瑟的風聲無一刻歇止。我站在隧道前，面對湧出洞口的風，風勢不強，速度穩定，源源不絕，像運轉中的風扇或持續送風的空調。

我站在洞口，領受那一脈貫穿山之心的清風，轉身望向曲折的溪谷，雲霧在山巔谷間游移浮走，恍如夢境，夢裡孤身一人，循著殘破的道路，抵達消失的入口。

暫時停止的修復工程隨時可能復工，我的蹤跡不能被發現，必須找個藏車的好地方。爬上隧道旁斜坡，正好位於隧道口上方，讓車斜倒癱在土石堆後方，開啟ＧＰＳ，上路。只要爬上眼前這一面脆弱酥軟寸草不發的崩岩坡，就能接上傳統路徑。蠻幹風險不小，走兩步退一步，不但費力，一有閃失多半就讓整片滑落的土石拖累了。之字形迂迴才是正途，走著走著不知不覺進入灌叢，然後是小喬木林，林下偶見高山芒，路跡終於現身，再來就上了稜。不久遇到一方小平台，是個小鞍部，南邊突起一小峰，展望受阻，但兩側視野極好，可以看見來路盤纏，如一條灰白的索線劃開山腰；南方的無名峰下也有明顯的路跡，攤開地圖比對，應該是九十年前動工的越嶺道。

一路輕鬆，除了幾處峭坡必須拉繩攀石而上，此外沒有兇惡的難阻，不過風勢強勁，颳動濃霧，一陣一陣沿著山坡騰高，凌越稜線。溪谷順著山勢在林立的山頭間蜿蜒，大致朝向東南。空氣中瀰漫來自東方的水氣，草木滿掛露珠，穿進一段及腰箭竹兩側夾列的小徑，一開始沾濕褲管，撩行才二、三十步便濕透，從腳踝很快地蔓延至小腿，直到膝蓋上下，大腿外側也遭波及。這時套上雨褲已經遲了，不至於懊悔，但對一時的遲疑感到意外，不似平素。

三角點附近散落著白色帆布，是對空標誌的殘骸；山頂有一方小平台，四周圍著些草樹，還有一隻空瓶幾片糖果紙，也就是這樣一個不起眼的地方。如果把焦點對準三角點，爬山真的是一件無聊事，然而對某些人而言，爬山的確是趣味盎然的苦事，可見目的地不必然是目的，三角點也不是終點。

霧聚霧散，蔚藍天空時隱時現，山脊模模糊糊，下一個黑目標卻是清楚的，就在公路另一側南去的稜線上，公路在兩顆黑山之間的鞍部貫穿稜脈。地圖裡一條條曲線和曲線排列而成的都變回真正的高度，北方的大崩壁是密結的等高線，南面尖削指向天際的金字塔峰是一道封閉成小圈的等高線。就一個山賊的觀點，「看」才是窩潛闖關真正的意圖，對任何人都無害地擷取天地間僅在此刻才有的風景是至高的喜悅，所以焦點必須是遠方，向來不是腳下的峰頂，陳列在眼前的雲影山色只存在「我」看見的這一瞬，不可能再現，沒有其他眼睛將映入「一．模．一．樣」的山容、樹形或看天池裡的雲影，無論靜止停頓或匆匆飄逝。「我們」共同擁有的不是一樣的風景，而是自私地緊抱各自所見，所有自私的風景都引發難以描述的感受甚至劇烈的衝擊，一件事情如果難以描述，那還不自私嗎，又將如何共享？

臨去前，站在三角點旁，轉身一圈，再看一次頗費一番功夫才看見的光景，把認識的山頭再數一遍。

一隻黃色大背包突然從樹叢間冒出，背包的樣子彷彿遭到異形基因侵入而突變的巨大雞母蟲。有人沿著稜脊從東北方重裝而來，我目迎那人從面前走過，看他卸下背包，點火煮水，一連幾分鐘熟練而安靜地打點一杯咖啡。我似乎在某個場合見過那張瘦削的臉，可惜完全記不起。我坐在那人對面，看他慢慢啜飲，收拾整理，將背包抬上木樁，轉身將兩隻手臂穿進肩帶，伸直膝蓋挺直上身那一瞬間悶哼了一聲。他先行，我隨後，在特別陡峭的路段保持安全距離，確保不會踩落石塊傷了他。他始終在看得見的前方，鮮豔的黃背包時隱時現，林間竹叢裡的背影猶如領路人，直到岔往古道的路口。古道上沒有人，步道上也沒有，消失了，那個人和他巨大的背包。我確實見過那個面容凹瘦的男子，一臉鬚毛，多半花白，連續多天未修未剪才會連鼻翼兩旁的臉頰也冒出短鬍，人中則萬髭齊發。我聽過那人的事蹟，他從中央稜線北端啟程，隻身一人，無補給，那是十年前一趟瘋狂的旅程。我們怎麼可能相遇？

滿心納悶暫時淹沒在長長的黑黯裡，隧道兩旁的洞壁腳下傳出水流奔騰的急響，風聲就是風速，速速咻咻掠過兩耳。隧道上方是個鞍部，通過這個中央稜線上的鞍部往上爬就是另一顆黑山，這條路線人跡稀少，日後詳加盤算計畫，或許會循著剛剛遇到的那人的來路走向稜線的盡頭。

腳踏車開始發揮用處。越嶺點確切的位置大約在隧道中段，黑暗中愈騎愈輕鬆，過了「那個點」之後，開始滑行，不必費力再踩。隧道另一端午前背陽，相當森冷。下坡滑行速度甚快，這不行，必須煞車取得合適的速度，閃躲偶爾佔據路面的落石，一邊估計十分鐘以內抵達大樹下的登山口，一邊想著回程怎麼應付哨管，那是最後一關，也是最惱人最費心的關卡。然而這些念頭瞬間凍結，眼前出現一片坍方，樹石齊落，擺出凶險嚇人的姿態，完全沒有放行的意思。

坍塌的樹石都很新鮮，卻像一堆被耍賴的小孩踢飛的積木癱垮在路上，前後範圍比一顆拖車頭拉著一節四十呎標準貨櫃還長。土石飽食水分，踩著黏鞋，大樹小樹宛如斷臂殘肢，狼藉亂陳，枝幹卻彷彿不屈的手指直指高天，葉色仍是翠青的。最大的是兩棵二葉松，徑粗都在一尺上下，其中一株緊臨路緣，再一場雨刷下土石，一定把它擠下深谷；另一株身上壓著一顆巨石，長長的一截樹尾懸空伸出，俯視無盡的深淵。去路徹底受阻，比早前遇到的更兇險。

回頭嗎？

再度扛起車，懷著與一旁深淵一樣深的惴慄攀上崩塌地，一步一步確定腳下穩當才敢踏出。如此強行四、五步，區區四、五步，感覺只有虛幻，不像現實，一有閃失，那怕是再小的差池，也不會有人知道我的去處。然而再深切的悔意也難令我回頭了，危顫顫的崩土僅容落腳一次，禁不起重覆踩踏，什麼叫做命懸一線，不必肩扛腳踏車踏上這樣的險禁之地或許就可以理解，但只有肩扛腳踏車踏上這樣的險禁之地才能體會。惟恐逐漸茁壯的悔意引燃誤失之火，只能帶著幻夢般的謹慎踩出下一步，再一步。我探出好奇的視線，在眼角餘光僅及之處瞥見陷落的深深深谷，吸一口氣，扶著樹幹屈身鑽過橫伸的松枝，不料沾上松脂，黏人煩人，去之不得。零星的落石偶爾滑落，自崩塌地上方撒喇撒喇奔下，或因腳踩受力而從腳邊鬆脫，在墜谷前兩、三尺一路瀝瀝淅淅虛乏地滾動，那些細碎駭人的聲響聽來如爆雷，撼動我僅存的一絲愚勇。直到渡過那片崩塌地離了幾十公尺，我才回頭顧視並仰望那一面受盡風雨寒暑催迫的山壁，看起來就像活生生被扯下毛髮的頭顱，巨大的傷口起自山頂，土岩裸露，樹木歪倒，有的仰天斜插，有的亂坡橫披。

再度跨上車，繞了個彎，開始滑行。幾分鐘後抵達第二顆黑山入口，對面路肩站著兩棵大樹，濃密的樹冠遮斷天光，樹下一片蔭涼。身為賊，我不敢大意，不敢無視匿蹤無跡的準則，把車抬過護欄藏進草叢，艷藍車身實在太過顯眼，撿了枯枝枯草掩上，偽裝完成。如同閃躲，偽裝也是一門必備的賊技。

穿越馬路，毫無顧忌地，站在登山口前方，覽看略為蝕退的解說鐵牌。從地圖看來，此去沿著黑山西北稜一路往上爬，直抵山頂，沒有鞍部，沒有起伏，只有上坡上坡再上坡。林下無風，卻十分涼快，是高山深秋才有的舒爽。到目前為止，這一小段中央稜脊兩側的山林草野簡直是無人之境，而我碰巧獨享，帶著足夠的理解與裝備。另一方面，也有人從不看地圖不試著認識即將前往之地，全然把自己交付給領隊嚮導，如此是否應受譴責，無從評斷，只覺從另一個角度來看，這種蠢極的快樂似乎也只有無知才享受得上，一頭快樂的豬，不要知識，一切訴諸官能。

一邊走一邊轉著諸如此類的無聊念頭，突然間，「快樂的豬」被輪胎高速輾過瀝青的噪音一刀劃過，彷彿放血般，驚訝從我枯枯張大的嘴噴濺而出。我忍不住轉身，仔細再聽一次，錯不了，輪胎正在轉動，正一寸一寸輾來，聲音愈來愈清晰，不久，一輛藍色小貨車從樹幹林立的間隙悠悠輾過下方的公路，朝著我所來處而去，隨後又一輛，稍大一點，三噸半中型貨車的樣子，柴油引擎持穩地呼呼作響。他們會在兩公里後受阻——不，他們應該是工程人員，而且正是為了那片坍方而出動，沿路停放的重機具多半是為了全時待命，隨時啟動。

如此，又多了一層阻礙，比起天然路障，人肉關卡難以捉摸，完全無法預料一旦面對面該怎麼應對。不過此時操煩嫌早，回程時或許他們已收工，那時整條路又只我一人，難關就此消失。一轉念，跟著一轉身，雙腳就繼續跨出了。

一路走在林下，行經幾處草地，草莖都高過人身，視野受限，幾乎沒有展望，到了山頂才開闊起來，感覺像出了暗室迎頭撞上天光。天空洗藍，風勢卻又急又狠，不是好天氣的徵候，隨時可能變天。無數的山頭相接相啣，連成綿延的稜線，遠遠從北方曲折而來。轉身朝向南方，鷹仔嘴山在對面，尖嘴斜斜

插向天空，近得簡直伸手就摸得到。雲霧從東方湧到，爬過稜脊便四散消逸。我楞著，茫然望看大自然不斷變幻的面貌，寒冷漸漸攻佔身體，一點也沒有攻頂成功的痛快，在一座山的頂峰為浮雲走霧所圍，感覺就像遭到無垠無盡的虛空一口吞噬。

最後一次從雲霧湧動的間隙窺視群山後，我快步下山，途中拾起去時掉落的頭巾。我知道頭巾遺落在休息區最高的那一根木椿椅下，非常肯定，它就在那裡，不會移動，也不會「被」移動。那不是一件奇怪的事情嗎，確定遺失某物，確知失物所在之地，還十分肯定它靜靜留著不會離開？有點像存摺裡的數字，這樣算「遺失」嗎？

走出登山口回到公路，撥開草葉拉出腳踏車，暗暗希望工程車和車上的人已回頭離開。他們好像真的離開了，正當慶幸，藍色車身卻冒了出來，約在五十公尺外。車裡的人可能早已發現有人擅闖禁區，奇怪的是他們一直沒有動靜。我放膽上前，發現車窗緊閉，車裡無人。

繼續前行，繞過一個彎，眼前所見啪地像突然切換的幻燈片，冒出一幅令人驚愕的景象。兩隻怪手爬上半山腰，在公路上方無聲舞動手爪，幾個小時前經過的倒樹塌石已不見蹤影，一旁的山谷想必是它們下落所在了。修復工程讓返途變得愈加難行，土石將路面墊高近兩層樓，近乎垂直地逼近路緣，但那是惟一一條路，非走不可。趁著怪手休息，我又扛起車，一步一步，確認土石不鬆動才跨出另一步。

兩隻怪手正在吃便當，他們站在高處，捧著餐盒，舉著筷子指指點點，沒有阻止我的意思。看來我多慮了，他們只是沒想到有人這麼幹，那是一段短短的障礙，卻像無盡的催魂路，比起重裝過斷崖更令人心寒。

我放下車，跨上去，往前騎，頭也不回，直到鑽進涼颼颼的大關山隧道。

我在夾帶水氣的冷風中躺下，周圍黑黯無光，中央山脈稜脊的冷瑟一絲一絲滲進背脊。再休息幾分鐘就上路，一路往回往下滑去。

幽黯中，我看見輪圈轉動，輻條閃著微微的金屬青輝，龍頭靈巧地領著車身，閃過尖銳的落石，輾過密布的枯葉，頂著深秋的天光，在這片無人之境這條無人無車的公路上無聲滑行。我看見陽光遍灑，但不應該是這副景象，這不對，無論山的這一面，或者過了橋的山的另一面，四處亮晃晃，沒有背光面，到處都有陽光。

人聲接著出現。人們來來去去，從腳步聲聽得出結伴而行，多是三兩成群，邊走邊聊天，輕聲發笑，偶爾只聽見獨行的腳步聲，就像踩在沙灘上，左右左右，規律而孤單。

沒有不安也沒有恐懼，我沒有想到靈異，只覺休息夠了，該睜眼了。一睜眼，很快就適應黯淡的光。雖說黯淡，卻比閉眼前亮多了，也不那麼冷。閃耀的光線從幾條橫橫豎豎的縫隙透進，染亮四周的黑，這時我確實清醒了，篷架的鐵骨箱格似地撐起帆布，四四方方，不是大關山隧道的拱頂。

那麼，這一趟黑山行算什麼？那些三角點和基石、陣陣的風和霧、沿途的箭竹松杉和露水、無人的公路、落石落葉、遺失的路基……只是夢中風景嗎？

我跳出車後篷架，走向管制站。

守門人走出貨櫃屋，捧著碗公，捏著筷子，悠悠踱向那條繫滿三角警示旗的紅繩。他在繩邊一顆大石坐定，夾起一塊紅燒肉，毫不遲疑咬了下去。

盧利拉駱天空下

按慣行路線，盧利拉駱是「南三段」途中遇見的第一座三千公尺級大山，在此之前，穿越螞蝗的國度與其交鋒是免不了的，那是一項血的試煉，無害，但多麼可憎，嫌惡如澎拜的湧泉從心底冒起。軟溜溜的暗黑小惡魔潮水般欺上身，如此溫柔，如此安靜，我們後知後覺發現時它們往往正在或已從一截線頭變成一截指頭，鼓脹的體軀彷彿咧開的笑容，啊，吸吮的愉悅，赤紅的飽足。

這就是我的也是多數爬山人的「南三段」序曲，林道上，草叢間，此起彼落的血紅的驚號，只是此「南三段」非彼南三段，儘管前往盧利拉駱途中確實踏上我朝思暮想的南三段。

為「百岳」設計的「南三段」不是原始定義的南三段，如同能高安東軍不是名副其實的北三段。大禹嶺以南至六順山七十公里，這一段綿長的中央山脈稜脊才是北三段，捏掉奇萊連峰，剪去安東軍以南，只餘三分之一，該稱「能高安東軍連稜」。南三段起自六順山南至大水窟山，迢迢四十七公里，次於北三段，中央山脈最深僻的心臟地帶。安東軍至六順、六順至丹大，分別是北三尾南三頭，這一段稜線是人跡最罕的島嶼中脊。

「南三段」，人稱「四大障礙」之首，聽似窮凶惡極，其實只是程式化、模組化的百岳路線，不一樣的是天數長，路途長，負擔重，風險更高，一樣的是每日推進的距離與所需時間不等，不是一天固定走八小時或十公里之類的規矩，拔營紮營的時刻也不一定，「水源決定營地」，這是紮營的原則，無論寶物般甘甜的活水，還是只能解渴的看天池，只要沒有意外，哪裡過夜都是水說了算。

我得了機會跟著走上「南三段」，從生氣勃發的丹大山區踏上一段兩度由南北扭向東西的中央山脈主脊，到了義西請馬至山繼續朝西，而不往南向著馬博拉斯山去，我們在此脫離中央山脈主稜，進入偉壯的東郡山彙，重覆的爬升下降，無止盡的斷崖，難以置信的寬闊淺竹坡，一路所見都是難以轉述的美麗與危險。

立冬不久，來自中原的節氣節制不了亞熱帶，即使烏陰有雲，又接連幾日細雨斷續，還是悶熱，空氣中拖著暑夏的餘緒。

接駁車從公路轉進林道，從柏油路開到水泥路，途中一度涉溪掠水，再來就是泥土路，有時山壁滲水漫漶，有時無力的小溪溢出，整條路輾成爛泥，陡坡、窪坑、壓陷的轍溝，再怎麼神人級的技術也難以避免底盤擦傷，唰唰碰碰，既心驚也心疼。過去的行程大部分記錄行車終點在十四K附近，大家都有心理準備，離斷橋五公里，最慢一個半小時踢到。出乎意料地，車行繼續，窗外的里程牌一面又一面，在嘈雜的訝異聲中，斷橋現身。少走一段路，算得上小確幸，但比起林業的黃金時代，區區五公里實不足道，那時深遠的駒盆山登山口在郡大林道盡頭，如果碰巧搭上大雪山林道的柴車就可以直達中雪山山腳，而奇萊東稜在帕托魯之後下嵐山山地鐵道，沿著不可思議的崖邊鐵道凌風而行，一覽群山蒼翠，再乘一段出了名的長索道，一路溜下山。所以，省掉顛簸的五公里算什麼？

然而便利的山頭之路果真是幸嗎？林道、鐵道和索道曾經無度地餵養殖民國，也一度撐起島嶼後來的困頓年代，在那段困難的時代，我一定也受過殘忍的山林經濟的恩惠。現在，林道崩塌、鐵道鏽毀、索道斷絕，大自然緩慢而艱辛地收復祂的領地，卻不可能回復本初的面貌，人們只能望著殘破的山林連年遭遇面對的災難。

大隊人馬在橋頭整裝。有人食宿自理，十天行程負重二十五公斤上下；有人託人幫揹，於是有了兩名揹工。他們把各自的以及受託的裝備食物堆上鋁架，一袋又一袋，再覆上雨套，最後便是難以置信的體積，又高又胖，重量想必驚人，一秤果然逼近五十公斤。如此真能穿行密草安步險徑之上嗎？令人既疑心又擔心，不過他們確實憑著出色的雙肩和一截硬頸踏完全程。

看著他們揹起超過四分之三體重的重擔，不禁有種哪裡出錯的感覺。過度重負是傷病的源頭。不能負重的隊友啊，如果負荷不起個人裝備和每日用度，也就是說，如果不具備基本的能力，可以拿鈔票換取嗎？為什麼爬山？從瑞穗林道十九K斷橋到郡大林道三十二K工寮，我的疑惑一直沒有消失，比彎來撓去偵察體溫一刻也不放鬆的螞蝗更惱人。為什麼爬山？爬山到底是怎麼回事？有沒有絕對不可踩破的道德下限？輕量是爬山人樂於交流的話題，如果追求裝備輕量，那麼基於怎樣的設想，會將自己應該負擔的重量以輕薄的鈔票為代價轉嫁到需要鈔票的他人的肩膀？可以看成願打願挨的交易買賣嗎？看著他們低頭彎腰的模樣，對令人訝異的揹負能力或驚嘆或讚美，即使所有的驚嘆都出自真心，在脆弱崩壞的林道上閃放慷慨而奇異的光芒，也抹不去即將留在他們身上的損傷。

這不對，不對也得走。協作——敬稱減輕不了揹工的負荷，也改動不了他們的勞動性質──阿光踢動他那雙與身材曼妙的模特兒大腿一樣粗的小腿，唉一聲，「快五十了，還在揹工。」那一聲唉是貨真價實的嘆息還是裝模作樣的諧謔，不易分辨，也可能是兩者兼有，世世代代沿襲的山林陶冶把他們變得習慣苦中為樂。

「背包上肩。」領隊出聲，一列人馬隨後踩著溪水過了斷橋，鑽進夾道的密草。草樹枝葉濕濕潤潤，身體衣褲一沾即濕，苦苦守候的螞蝗終於取得信號發動攻擊。

盤據在中央山脈中段東麓的螞蝗名氣極為響亮，從奇萊東稜以南到拉庫拉庫溪沿岸，海拔兩千五百公尺以下的林野都是它們的駐地，其中有一支以絢爛的七彩體色贏得深深的懼意，但它們與黝黑滑溜的同類一樣，通常無害，甚至無礙，只要吸飽吸足。

螞蝗隱蔽在枯枝落葉間，埋伏於低矮的草葉，尾端的吸盤牢牢吸住葉梢，挺起細如鐵線卻彈性十足的身軀，往前往上奮力伸出，就像拉長的橡皮筋，頭部不停向四周竄動，偵測獵物引起的氣流、光影或溫度的變化，再以神鬼不察的巧技貼上身。

對於螞蝗的體態、型態與生態，我不至於完全無知，但也不曾花費心思細察深究。一路上關於螞蝗的知識或說法幾乎都出自一個人稱「教授」的隊友，此人善於議論，又愛開示，就像一個老師。他說，螞蝗和蚯蚓都是環節動物，但螞蝗的近百個體節連接得很結實，像洗衣機的排水軟管，彈性奇佳，可以拉得很長——確實如此——他又說螞蝗有好幾對眼睛，長在圓弧狀的體節上，但眼力不佳，只能感應光影的變動。

在山裡，可看的、要看的風景事物太多，沒有額外的心力去關注這群黑色小惡魔，反而它們無孔不入，人人避之惟恐不及，不太可能有興趣多看一眼，尤其被螞蝗這種小東西悄悄叮上，簡直比被水鹿這臺灣第一巨獸吐舌舔嘴地盯上還可怕。領隊帶頭，引起螞蝗騷動，第二第三人隨之在後，正是螞蝗鎖定攻擊的最佳目標，往往是悲慘的受害者。瑞穗林道是出了名的螞蝗之路，此地的小黑魔無視通則，不放過任何機會，螞蝗之吻全隊沒有人躲得過，一個也不少，沒有人察覺它們何時上身，恐懼夾雜噁心和厭惡，在細雨飄渙的森林下嚙咬每一個人，不但心驚膽顫，全身上下也毫無理由地搔癢起來，往往不自覺低頭轉頭察看，多半總會發現手背黏著螞蝗，一驚一抬頭又看見前方隊友頸後伏著一截怪異的黑線頭。

第一天在二十八K水泥工寮過夜，從海拔一千五百公尺的斷橋至二千一百五十公尺的工寮，這一段林道前半是連續之字形爬升，高度落差四百公尺，地圖上描畫了一串左纏右繞的密集之字，實地走來卻是一段段交錯的緩路與陡上，馬博橫斷出太平谷接玉里林道也是同樣的路況，貌似抄捷徑，其實不得不然。

林業沒落以後，林道廢棄，不再養護，處處崩塌，或有倒木阻道，踏行其上才真切地看見島嶼山林的脆弱與強韌。那些緩平的路段曾經車來車往，輾壓下陷的車轍餘跡仍在，如今已為翠青的短草全面覆蓋，無論山林是否確實有神，放步於一刀刀剖在它腰腹之上的路徑，很難不因眼前的景貌而生出一種美麗卻哀傷的情思。人們對於資源的利用似乎總是採取掠奪的手段，隨著文明與科技的推展，工具持續進步，更銳利，更有力，更有效率，我們一再反省，卻從未停下腳步，從未收手，而是繼續向這個在廣漠宇宙中我們至今僅知確實存有生命的星球更深入更貪婪地索討，令人難以論斷對錯的是，所有無止境向自然的索討確實造就種種人間生活的便利與所謂的福祉，築起人類引以為傲的文明高塔。人們一方面盡其所能發揮阿波羅的理智之光，另一方面放縱所欲，彷彿受了酒神戴奧尼修斯的魅惑，釀酒喝酒，毫不在意狂飲的後果。

穿出陰鬱的樹林，一條小溪阻斷山徑，天光找到漏洞照了下來，儘管灰烏的雲層仍在高空盤旋，細雨時落時休。溪水清澈但水勢微弱，水流在大小岩塊間鑽動，泠泠的水聲又輕又緩。

眾人卸下背包，不急著休息喝水，反倒忙著脫雨衣脫外套。有人掀衣捲袖，慌張查看螞蝗是否上身，連手腕上一截朽黑的葉柄也能引起尖號；有人從容以對，一發現小黑魔，兩指一捏一扭一拔，再彈到遠處；還有人兩兩成組互相檢查，就像猴子替另一隻猴理毛。

在螞蝗環伺下，我們漸漸深入山區，雨勢愈來愈烈，人人一身狼狽。濕冷倉皇之際，林木縫間透出混凝土屋壁的影子，有人歡呼，有人嘆氣，二十八K工寮，終於踢到了。工寮主體仍然完整，在潮濕的森林裡，只有混凝土才能稍稍抵抗自然的毀壞，我們的眼和心卻幾乎被螞蝗的猖獗囂張擊潰。它們在屋旁的草葉尖埋伏，在地面腐朽的枝葉上窺伺，有的企圖爬進室內，從屋前的水泥地一伸一縮，將細瘦的軀體高高拱起，頭尾兩端著地，像字母Ω，伸縮蠕動的模樣透露了飢渴的慾望。

我們的渴望和意志因不停的雨勢而萎縮，降雨忽疾忽徐，毫無停歇的意思。外頭雨聲淅瀝瀝，裡頭七嘴八舌，有人抱怨氣象預報失準，本以為午後放晴，怎會雨落不止？嘈雜之中，有人提出「撤退」，沒有人異議，也沒有人附議。

我靠在正對大門的門廳側牆坐著，涼透了的背脊愈加感到冰冷，往後一摸，牆壁竟濕潤潤。過去幾年我數次錯失機會，沒能走進丹大東郡，這一次大費心思東挪西移騰出十天，除非發生難以排除的阻礙，不希望就此折返。但結隊登山講求團進團出，不許脫序脫軌，更不允許脫隊。最後，領隊給了結論，天氣是最難掌握的變數，尤其在山區，只能等，等到天亮再決定，備案是在二十八K工寮觀望一日，如果天候好轉，行程就往後延一天或把兩天半日行程併成一日，最好的情況是隔天放晴，按原定計畫繼續前進，最糟不過是回頭，改天再來，但「南三段我走過七次，沒有撤退過」。

後來就沒有人擔心陰晴雨霧這種問題了。大家都認清並接受山區天候無從預料的事實，為無從預料的事情操心，太不划算。來到山中，第一個該學會的就是接受，接受下不停的雨，接受黑水塘的咖啡水，在崩壁面前低頭，平心靜氣攀高繞過，或專心一意橫切而渡，在偶爾微微凹凸或左斜右傾的營地試著安睡。無論抱怨還是擔憂，都無法扭轉「山上的現況」，在山上，可以明確地體會到抱怨、擔心之類的舉動是徒然消耗精力的無益之舉，你只能面對、接受、回應，如果回到山下以後也能實踐在山裡明白的道理，那麼普通的生活一定會順利快意不少。

一入夜就是一天結束之時，山中的夜晚如此「貧乏」以至於如此平靜，沒有電影、沒有快炒、沒有夜市，當然也沒有書本，什麼都沒有，只有黑暗和寧靜，還有因黑暗與寧靜而酣暢的睡眠。

人聲漸漸稀疏，清冷黯淡的深山雨夜，領隊整理分配裝備和糧食的窸窸窣窣聲格外清晰，不久他也安靜下來，熄了頭燈。工寮少了門扉破了窗扇，起了風，風捲進室內繞了一圈。雨仍不停，聲勢更加驚人了，聽起來就像一截截粗鐵線從天而降，刺穿葉片，落地粉碎。

十天，漫長的行程啊，天天藍可遇不可求，即使天天大太陽也不一定怡人，內嶺爾山腳三叉營地的看天池一定枯涸見底，必須從美麗的太平溪源營地揹水爬升三百多公尺。這一趟真的可以順利走完嗎？我想親眼看看太平溪和丹大溪的源頭，想走在郡東山的球狀箭竹叢之間，想趴在東巒大山無邊的淺竹坡上……。除了頭，身體四肢都裹在睡袋裡，睜大了眼，連牆壁門窗的輪廓也看不清，一片漆黑，睜眼閉眼似乎沒有差別，都看不到東西。其實不然，一閉眼，荒山之夜的漆黑一掃而空，我不確定那是不是光，即使是，也分不清從何而至。我看見不群的櫧山，一座很有氣勢的獨立峰，聽見烏瓦拉鼻溪的巡邏蜂奮力鼓翅，也感覺到大地輕微的震動，可能是一頭三叉公鹿，一邊啃咬沾了尿的箭竹一邊跺腳不准他鹿靠近……

天未亮，所有人都醒了。早餐後，雨勢轉弱，漸漸變成間歇性降雨，彷彿是鼓勵出行的信號。

著裝打點罷，上路，踢向林道盡頭。

四十分鐘後，一段筆直的緩坡道爬滿翠青的短草，彷彿鋪了茵茵綠毯，兩旁林樹分列，令人難以置信的夢幻之路，走起來鬆鬆軟軟，極其宜人，可以說是理想完美的步道。弔詭的是，這樣的美景正處於人工製造與自然修復的拉鋸，只要人力不再介入，自然天地會是最終的勝利者，這一幕奇異的弔詭之美有一天將回復莽野的本色。

林道盡頭是一片小平台，從此岔出兩條路，一是傳統路線，較短但有著名的鐵線斷崖；另一條是高繞路線，為了避開斷崖繞了一大圈，幾乎得花上一天。這是一個不太容易決斷的選擇，為了安全應該高繞，但領隊習慣走斷崖路線，這段路本來風險就不小，又遇到雨天，對於領隊即將宣布的決定，我非常好奇。大家煮水一邊祛寒一邊吃午餐，有的冒著疏雨，有的撐傘應付。螞蝗仍然虎視眈眈，水邊、石上、葉尖，無所不在。

大休一個小時後上路。不久前雨停了，草藤樹石，所有看得見的都還覆著一層水，濕意濃重，水氣瀰漫。隊長動身，鑽進箭竹和芒草間的腰繞路，他果然選了危險但熟悉的路徑。從此我們正式踏上丹大東郡橫斷之路，直到接上郡大林道，途中每一百公尺設一面里程指示牌，鮮黃色小鐵牌，固定在樹幹上，路線名稱「南三段橫斷」，路線編號ＣＭ４１５，編碼從００１開始。雖然是不很明顯的林間小徑，卻是通往中央山脈心臟之路，殷切期待的風景即將一一開展，渴望和喜悅隨著步伐一步一步愈來愈踏實，但幾個小時後領隊的決定幾乎斷送了往後八天行程。

又下起雨，雨水把路況變得愈加險惡，有人踩落下方懸空的路緣，伴著一聲慘叫跌落，幸而僅僅滑下兩、三米，無傷無礙。

雨斷斷續續，隊員經驗不一體力有別，連基本的速度也難以維持，隊伍拖長，行進緩慢，暴露在惡劣天候的時間更多，風險因此放大，體力消耗得更快，精神和注意力也漸漸渙散，螞蝗仍舊經常攻擊，驚呼慘叫卻偶爾才聽見，多數人對螞蝗的恐懼與厭惡暫時已被其他事物掩沒。

溪溝上跨著一根大倒木，本該是一座天然獨木橋，只是通體濕潤滑溜，從特定角度甚至可以看見微微的水光，沒有人願意冒險。領隊下探開路，他天天山裡來去，此地也不是特別困難的地形，不應該發生差錯，不料意外踩滑，揹著三十公斤重負摔在溪石上，刷啦嘩啦滾了兩、三圈，溪溝不深也不陡，不可能深墜，大家還是看傻了，只能原地呆立，看著他艱苦翻身爬上溝，什麼忙也幫不上。

鐵線斷崖還沒到，意外接二連三，稍早沿途聊山經數算百岳七十顆八十顆的，漸漸都閉嘴了，偶爾響起的只有領隊的提醒，和揹工似乎為了舒胸擴懷的放聲一喊，雨中的森林只剩腳步聲，前後隊友的喘息也很清晰。彷彿有一股奇異的力量壓制了喧嘩，甚至是把所有徒費力氣的舉動都導引成再怎麼屏氣凝神也不為過的專注。

在平靜緩慢的行進中，傳說中的鐵線現身了。這條山徑腰繞沙武巒山、二九一〇峰和二九九五峰連稜西坡的兩千五百公尺等高線，據說從前是通往深山礦區的探勘路，人們在特別危險的路段綁上鐵線扶著走。多年來，瑞穗林道三十四K登山口以西這段約四公里山路，意外從沒少過，是著名的危險路段。幾年前有人開闢介於稜線和傳統路線之間的高繞路，據說須多花兩個小時，但好走沒有困難地形，沙武巒草原視野開闊，環境乾燥，想必螞蝗也少。

少數路段極為逼仄狹窄，只容得下跨出一隻腳，背包會撞著山壁，甚至卡住，不得不側身屈體勉強通過，腳下的踏點也得注意，並非看得到的都可以放心踩，有些路緣淘空而表面並無異樣。下雨、螞蝗、路況差，種種阻撓使得推進速度比陡升大坡還不如。

就在步步謹慎的緩慢行進中，前方似乎有東西滑落，一開始沙沙悶響，夾雜著樹枝斷折的脆響和沉沉的碰撞，不久聲音愈加響亮。大家紛紛把視線投向路徑下方的陡坡，一根瘦長的二葉松枯木正往下滑，樹石摩擦發出粗嘎聲響，直到被其他樹木擋下才停止。四周異常安靜，沒有人知道枯木為什麼突然往下滑，只見領隊切下深谷，熱心的揹工急問是否需要幫忙，沒人回答他已神乎其技地下了十幾公尺，並繼續以不可思議的速度前去探看。

有人墜崖，如同山難紀錄所記載。所有人都感到震驚，擔憂、恐懼、失望，種種反應和感受或多或少都能從各自的神情探知一二。「要不要叫直升機？」「看來要撤退了。」我也不甘撤退，但此時似乎不是思考是否撤退的時機。

所有目光都聚向險崖下方，只見領隊揹著落難隊友的背包吃力往上爬，從背包的顏色外觀看來，摔落的是兩個小時前踩空跌落邊坡的A女士，她還在斷枝殘葉之後，看不見身影。領隊邊走邊喊，在濁重的喘息中忙著安撫隊員，說沒有大礙，就在此時驚人的哀號爆炸了，令人恐懼的音波在林間蕩漾，漣漪般撞向每一個人，隊友木然呆立，驚恐的神情中帶著憂慮，我應該也露出一樣的神色吧。

「沒事，」揹工在崖下報消息：「肩膀脫臼，『喬』回去啦。」在山下，醫師不會同意這樣對付急性脫臼，應該「原位固定」，就醫前盡量保持傷後狀態，避免傷及神經或血管。在這樣的深山這樣的天候，標準程序只會連累大隊人馬，經驗和直覺才是正道，幸好我們有一個俠心熱腸的揹工，憑著山野歷練替A女士解危，也為我們解圍。

由於鐵線斷崖的險阻，抵達太平溪西源營地時天色已昏暗。

營地位於二九三五峰東稜稜尾，太平溪西源順著地勢蜿蜒，從丹大山坡東流而下，在營地以北不遠處折向南行，和太平溪東源隔著一崙小丘，不久於營地南方匯而為一。這處營地最大的好處是喝不完的水，但腹地十分窄淺，不適合大隊人馬。我和兩位隊友共用一頂四人帳，只能在緊鄰溪水的沙地上將就，萬一下雨，溪水高漲，必遭水淹，即使如此也只能冒險紮營，即將入夜，不可能摸黑往前尋找更好的營地。

晚餐時，隊友從溪邊點狀分布的營帳向炊事帳聚集，溪岸上大小石塊錯落壘布，條條人影伴著嘩嘩水聲上上下下，頭燈像巨大的螢火蟲在昏黑中飄盪。

高山溪流都是某河某川的源頭，絕對清澈，談不上氣勢，但十分活躍，每一條都因為海拔明顯的下降而顯得輕快活潑，沒有呆滯徐緩的流勢。太平溪是臺灣東部流域最廣的秀姑巒溪源頭之一，當然不例外，靈動的模樣一點也不太平，水流在積石錯亂的溪床跳躍，盪出雪白的沫花，泠泠作響，急促、興奮、激動，聽起來就跟連續不斷的三十二分音符一樣神經質。

荒山之夜，沒有人工光源，黑了就是黑了，尤其在天候不佳雲層厚重無月無星時，山裡的夜展現了夜真正的顏色。但深深的夜色覆沒不了溪水奔跳的歡快，帳棚也隔絕不了，泠泠嘩啦之聲沒有斷過，一直在耳邊響著，即使睡著也感覺溪水就在身邊，很近，非常近，彷彿鑽進帳棚，飽帶溼氣的冷瑟令四肢冷顫難耐，冰冷的溪水隔著睡袋一點一點將體溫刮離。

隔天一早拔營，一開始就是陡坡，從溪谷沿著稜線往上爬升六百公尺到最高的二九三五峰，再走上一大段路緩下到太平溪源營地。揹工耽擱了些時間，我和另兩個隊友自願押後，陪同在隊伍後方安步慢走。

從這一天開始，漸漸遠離螞蝗的國度，從中低海拔爬上高海拔，闊葉植物愈來愈少，溫濕駁雜變得愈來愈生冷乾淨。過了二九三五峰，大致沿著等高線平緩西進，沒有劇烈起伏，直到杜鵑營地海拔才下降得稍微明顯。

從樹林間瞥見的景致愈來愈清晰，一面寬闊的谷地像夢一樣平平闊闊地開展，西、北一線是中央山脈主稜，我們進入丹大山、盧利拉駱山、盧利拉駱西峰、馬路巴拉讓西峰這一線稜脈的東南側，同時又處於馬路巴拉讓山與內嶺爾山此一稜線之北。這些三千公尺以上的山頭環伺的正是秀姑巒溪上游太平溪最深遠的源頭，平坦的谷地寬闊得令人難以置信，溪水劃過谷地中央，谷地一分為二，短淺的箭竹如過硬的氈毛，密密鋪滿這一片夢幻谷。

抵達太平溪源谷地之前得必須越過一道小流，上了坡視野立刻被綿延的綠茵佔據，不禁令人想起萬里池，從山坡上俯瞰臺灣最大的高山湖泊是難忘的經驗，由於一時無法理解群山之間怎會蓄積那一潭不可思議的巨大水體，以至於不敢相信眼前所見。連日穿行於愈來愈崎嶇的山徑，所經之處多是密林、懸崖、崩壁、陡坡，這樣的深山地帶竟藏著一片寬廣的平坦地，同樣令人訝異。

盧利拉駱山與丹大山連稜是中央山脈主脊之一，走向大致如四點鐘與七點

下空天駱拉利盧

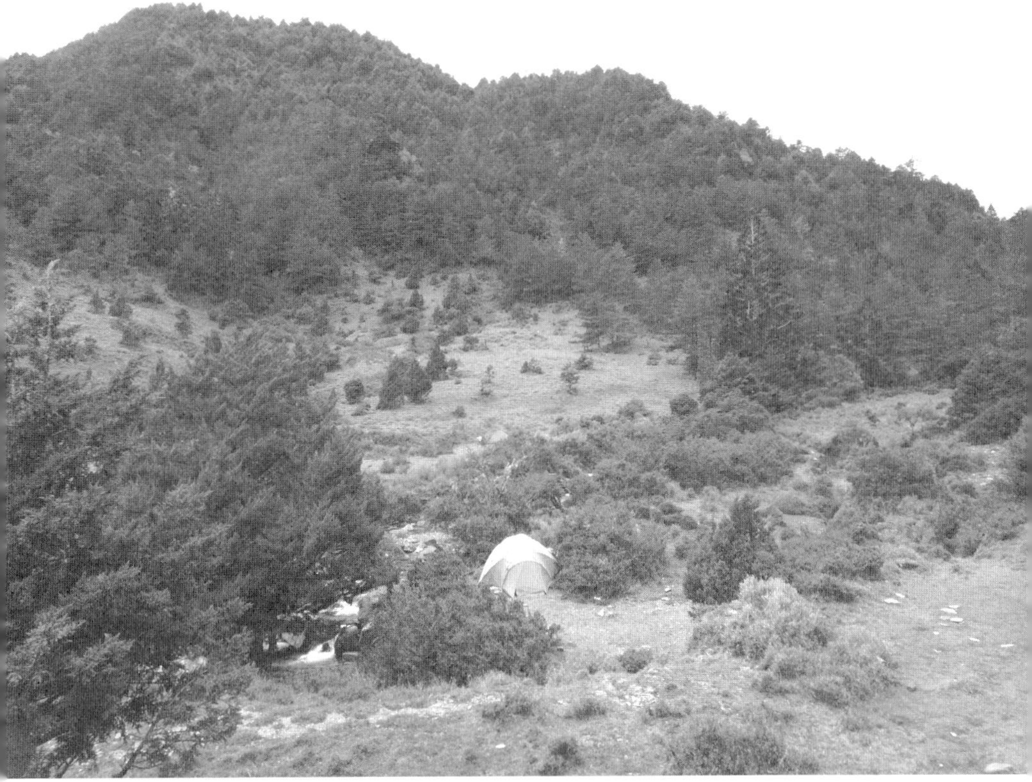

鐘連線，南北兩側分別是太平溪與丹大東溪的發源地。太平溪源谷地窩在盧利拉駱山西南，高嶺環抱，水草豐美，寬闊平坦，是丹大山列最重要的營地，為了關乎性命的水源，南三段縱走路線到了盧利拉駱山便下西坡直奔太平溪源，而不繼續沿著主稜取道盧利拉駱西峰接馬路巴拉讓西峰再折向義西請馬至山。

天仍陰雨，而且颳著風，隊友各自找了自認為舒坦的營地，少數幾名越溪到對岸較高的平台紮營，我和另兩位共用一頂帳篷，搭在溪旁高處，取水最容易。谷地中除了箭竹最多的就是水鹿糞便了，一顆一顆，粒粒分明，散布在谷地的每一處，沒有一分一寸之地沒有水鹿排遺，有的枯乾，有的濕濕潤潤相當新鮮，或許是前一晚的成果。遍地圓滾滾略小於冬至圓的糞珠明顯告知此地是水鹿這種島嶼最大哺乳動物出沒的一大據點，四周的森林恰好提供白天藏身棲息之處，而谷中清水不絕，鮮草豐美，可以想像入夜後鹿影幢幢，啼鳴呦呦的盛況。

那是第一個沒有螞蝗威脅的夜晚，雖然更冷，翻身時偶爾聽見細雨落在帳上的細碎聲響，卻十分安穩地遁入睡眠之鄉。那是一個不需要擔心螞蝗的夜晚，而且盧利拉駱山靜靜地等在東北方，天亮以後我們將朝向盧利拉駱的三角點前進，首度踏上中央山脈南三段的主脊，從那裡再往東北東方走向丹大山，天候好的話，或許可以望見大、小石公，還有更北的六順山。

一幅清新明亮的畫面，確實如此，入睡時彷彿有朗朗的天光相伴，流水泠泠滑過豐饒之谷，將人帶進夜的深處，在島嶼的中脊飛翔，俯視這一片山谷中徘徊來去的鹿的影子，捕捉偶爾穿透黑黯的鹿鳴，諦聽翻越山嶺沉降而來拂過谷中一切草木的風。

清早，我們從營地出發，穿越一片水澤四布的美麗凹谷，鑽過一片森林，跳過一條小溪，輕快爬上盧利拉駱山西坡，箭竹高僅及踝部，視野開闊，入冬的陽光在連日陰雨後不吝惜地灑落。我在盧利拉駱的天空下眺望丹大山，峭削如崖狹瘦如牆，異常醒目。

丹大山無疑是丹大山列最具威儀的大山，遠遠望見那樣的大山，很難不興起一種難以言說的敬意，以至於輕易使用不準確的詞彙向著山頭蒙上一層語言之紗，看起來描述了山，其實恰恰相反，除非客觀地、有意識地掌握接近的路線，隨時隨地認清與山的距離，確知所處的高度，即將或已經穿越一片鐵杉、冷杉或箭竹，否則無法認清山的面目。有一點必須承認，所見必然有所觀點，觀點引發感受。人們對於自然的描述可能是偏差的，那些山川和海並不真的與人說話，它們在那裡，而且僅僅在那裡，沒有好惡，沒有悲喜。因此，置身荒遠乾淨的深山，將之擬人是一種罪惡，最好就是看與聽。對於默然的山川，語言文字不能增損它們的存在。

丹大山位處島嶼最深遠的心臟地帶，日治時期殖民政府對島嶼進行地毯式測量，留下少數幾個空白的區域，丹大山區是其中之一。戰後，百岳時興，丹大山區高山最密，名列百岳者卻最少，地形險阻複雜，粗獷的山容令人敬畏，進出一趟往往耗時一旬半月，僅僅往返丹大山一般費時六、七日，單程稍快也要三日。丹大是一座如心臟般深僻的山巒。

盧利拉駱三角點，海拔三一七五公尺，山頂腹地不寬敞，不像三叉山那樣平闊，也與丹大山的狹瘦截然不同，除了一面崩崖，其餘緩坡，淺竹如茵，間綴松樹，藍天暖日下，是一處宜於發呆閑坐的好地方。

我在盧利拉駱天空下，迎著來自丹大方向的風，眺望普通生活中難以抵達的丹大山，四周圍繞著普通生活不可能遇見的雲雨風霜山石草木。這不禁令人生出一個模糊的念頭：人們可以走近自然，但似乎走不進自然，感性的宣示和溫熱的感受是一層輕薄但頑固的膜，有人能穿透那一層隔離之膜宣告與山與天地融合為一成為自然的一份子嗎？

我在盧利拉駱天空下，寧可將力氣用來看用來聽，在島嶼的心臟，言語遠不如一顆水鹿的糞珠。

無雙

夜裡，太平溪源谷地只有安靜兩字。

這一大片安靜來自一旁泠泠跳跳的溪水，白天幾乎聽不見，入夜後隔著一層薄帳，溪水彷彿鑽進帳篷，在睡袋與睡袋間鑽流。帳頂灑落一波波像霧一樣矇朧的聲響。雨繼續下著。黑夜沉到心底，細弱的聲音一一顯影，水鹿成群，脾氣不是太好，跺腳、嗤鼻，嚙咬箭竹的嚓嚓聲，圓睜的雙眼彷彿會噴火，又輕又細的風，高空的雲團在飄移，箭竹與松杉在抽長。

在這樣一個普通生活中不可能出現的夜晚，聽見或自以為聽見萬物鳴響。但這只是另一個樸素的夜，溪水依舊為安靜製造聲音，和平常一樣。

白天的太平溪源谷地也是安靜的，但與其說安靜，不如說是平靜。雨持續了兩日夜，進入山區以來，一路下雨，斷斷續續，沒有停歇的跡象。雨水在這一片遠看平坦的谷地裡的小坑小窪積聚，多是淺水，淹過腳踝的不多，但地面確實不像雙眼以為的那麼平坦。雨比針尖還碎細，密密麻麻，漫天飄布，一抬頭落在臉上，如羽毛拂過，微微發癢。

此地非常接近太平溪的發源地，群山四起，簇擁著一片平坦地，像一隻大碗，一線細流從中央山脈稜線以東滑下碗底，一路收匯，把清冷的山陵氣息帶給暖熱的黑潮。地勢是封閉的，視野卻令人感到開闊，大概一路走來一山又一山，下切、高繞、腰繞，總是坡上坡下，連休喘也難得一處夠寬平的歇腳地，以至於即使一隻寬底碗也足以紓解拘束了兩、三天的視野。

群樹在谷地四周立著綠著，籠罩在迷茫的雨霧裡，除了渺渺絮絮的人語，突來的一、兩聲鴉鳴，再也沒有其他明顯的聲音。站在這隻綠野大碗的中心，就算暴雨灌頂強風颳動，再怎麼恐懼似乎也能生出一種奇異的平靜，那種平靜只有在像太平溪源這樣的山間空谷才能存在，不是粗糙地覆蓋，而是清淤似地，將不安淘除得乾乾淨淨。

午後雨仍不停，我們不得不冒雨拔營，朝內嶺爾山前三叉營地推進。中央山脈主稜就在西方不遠處，直線距離不及兩公里，但隔著馬路巴拉讓北稜，又鑽行林下，視線受阻，一出發又是陡升，馱著不得不揹負的重擔，只期待盡快爬上營地前那道落差足有兩百公尺的稜線。一旦上稜，喘過氣，應該就能望見主稜，盧利拉駱西峰、三〇八一峰、馬路巴拉讓西峰，這幾座在北、西方從丹大、盧利拉駱蜿蜒南延於主稜上的山頭就快現身了吧。再兩百公尺。只要天開霧清，只要爬上稜頂的開闊地。

風勢漸強，樹冠層時時傳來勁風切掃而過的呼嘯。鑽出樹林，上稜頂風而行，雨停了，好事一件，但濕度極高，空氣中彷彿擰得出水。汗水在雨衣包裹下令胸背盡濕，風一掃全身發冷，不敢常休息，更不敢長休，只能保持固定速度不停地走，稍稍減輕體溫遭風颳除之苦，如此一來便沒有多餘的心思尋找不久前滿心期待的稜線了。

這一段路走得再怎麼慢也花不到兩個小時，正是在這一段不長但充滿威脅的路程裡，吳桑露出疲態，似乎已逼近體能極限，他拖著雙腳，最後一個抵達營地。吳桑是一個準阿伯，體格精瘦，入山前神采煥發，東聊西談，言笑中洋溢著興奮，對踏上丹大東郡橫斷之路充滿期待，尤其走完這一趟幾乎就完成百岳。當時他披著外套，左袖軟趴趴，原來少了一條手臂。大隊人馬在登山口整理裝備，煮食午餐，他以左上臂和胸膛夾著小鍋，右手持筷，歪著頭將麵條送進嘴裡。在旁人眼裡——至少在我看來——吳桑的姿勢不得不說彆扭又麻煩，但他以自己的方式吃喝，不假手他人。

短少一隻手臂，過起日子來不如雙手流暢，簡單的事情變得不簡單，卻不是克服不了的障礙。爬山不是不得不的日常生活，吳桑把爬山當成一項挑戰嗎？他成功爬上許多山頭，但如何越過艱難路段順利摸到三角點，例如關山北方五百公尺那面幾乎垂直的岩壁，有無確保，隊友是否相助？幾天來吳桑憑著一隻手渡過鐵線斷崖，扯下一隻手能扯下的螞蝗，讓隊友替他除去其他的，一步一步踏過碎石、箭竹叢，上坡下坡，在不平衡的狀態下總能抵達營地。吳桑的意志令人佩服。同行以來，我經常受他那令人佩服的意志所吸引，不過這股頑強在前往內嶺爾三叉營地途中開始不支，吳桑的背包移到他人的肩背，照規矩，論斤計酬。往後的行程吳桑背上只搭著一隻攻頂包，比任何人周末上任何一座郊山還輕鬆。

我不禁起疑，出於怎樣的緣故或動力，會激發令人敬佩的意志卻不得不仰借他人之力去完成一件事情？抱著這樣的念頭闖進深山，是不是爬上峰頂摸到三角點拍照留念就稱圓滿？爬山究竟是怎麼回事？前人以探索之心涉入險絕之境，在草原之上林樹之下險崖之側踏出路徑，縱橫來去，為山勢山形貫注一種來自人間甚至只屬於個人的審美眼光，從兩百餘座拔高的山頭中挑出「百岳」，一開始這張清單頗有些情趣，儘管染有相當中國傳統文人式的習氣。「百岳」誕生近五十年，時光和時代的風氣早將這張清單淘洗得幾乎只成一張清單，一枚有資格擺請百岳宴的證照。

那一晚，雨停了。七、八頂帳篷散立在頗為寬闊的三叉營地，帳篷與帳篷之間隔著三、四窪迷你看天池，雨後的池子滿水，頭燈一照，池底草色翠青，像鋪了一層絕塵毯，水色清瑩。月光明媚，再過幾天就是滿月。我爬上營地東側山坡，立定處恰可以看見月色映在未被帳篷遮掩的兩個池子裡。那一晚，我仰望稀薄昏雲間的星光，看見三顆月，讓時有時無的風撫得微微發抖，默默觀看水鹿警覺地踱向營地偶爾低頭前進似乎在偵查重要情報。

隔日一早，池子乾了。

拔營出發，往南爬上稜線，隨即折向西方，過馬路巴拉讓山，抵達中央山脈主稜上的馬路巴拉讓山西峰，在山頂小平台遠望北方稜線上的三〇八一峰和盧利拉駱山西峰，北來的主稜在此近乎直角地轉向西方。馬路巴拉讓山西峰以西，稜線之北屬於丹大溪流域，我們正漸漸脫離太平溪流域。吳桑落在隊伍最後，仍然走得辛苦，並未因負重大減而跟上。一名隊友義務押隊，避免吳桑落單。

從馬路巴拉讓山到義西請馬至山這一段路幾乎都在稜線上，海拔介於二九五〇公尺至三二五〇公尺之間，起起伏伏，頗為磨人。部分路段相當嚴苛，幾處斷崖極度危險，嚴重崩塌，而且看起來隨時可能再崩塌，大量土石滑落到四、五百公尺深的溪谷，樹木失去立足之地，斜亂倒伏。經過一段瘦稜，看得出稜線南面持續坍塌，陷落的缺口岩石裸露，石色黝黑，薄薄一層黃土像哭花了的妝，極可能不久後就崩成斷稜。還有一小面山坡，表面開裂，土塊位移，破出一道道深溝，不知由於地震或暴雨沖刷，還是兩者交相侵逼，使得地形破碎不堪，硬生生把成片密生的箭竹扯開。

途中散落著幾處小營地，都只是偶見的平坦地，腹地狹小，僅容得下一、兩頂四人帳，沒有水源，不甚理想。惟有一處稍微寬敞，臨崖那一側地面上留有一堆燒殘的樹枝，可能是某次緊急狀況下的遺跡，另一頭樹上掛有兩片鐵牌，一面寫著「崖邊營地」，另一面標示取水路，必須下切三百公尺，如果不是「迫降」或特殊目的，通常沒有人會選擇「崖邊」也不會在這一段路過夜。

隊伍拉得很長，不禁令人為吳桑能否安然走過感到憂心，儘管他已經跟著這支我初次參加的隊伍爬上近九十座「百岳」。

在一段三百公尺的陡升後，終於抵達義西請馬至山。吸引我的不是山頂那一支不鏽鋼基柱，而是路旁一枚瘦瘦扁扁的指示牌，上頭寫著「往烏妹浪胖山，約六十五分鐘」。這一條南去的山徑才是傳統的南三段步道，經烏妹浪胖山、僕落西擴山、烏可冬克山到馬利加南山東峰，接馬博拉斯橫斷，途中西下僕落西擴山便是傳說中郡大溪源頭的「嘆息灣」。

我盯著那面橘底黑字小鐵牌看了好一陣子，直到吳桑也爬上來了，眾人喊著合照。這個義請什麼馬的……噢，有夠難唸。突然有人大叫：這個是不是百岳，如果不是就不用照相了吧。

絕頂上的吆喝嘻笑毫不費力地粉碎了我的白日夢。

沿路認山頭，休息時攤開地圖，看看走過的路線，也預習接下來的，不僅是樂趣，還是一種在知識存在的現場累積知識的過程。地圖容易令人誤以為從這山可以看見那山，忽略滿山遍野的樹木草竹和等高線畫不出來的實際地形。地圖不是立體影像，但手裡握著地圖且理解地圖先天不足之處，將使爬山這件事情的過程比結果——假如登頂就是目的的話——更有趣，似乎也更有價值，但假如有趣的好看的都在令人疲累的行進間一一展示了，那麼爬上山頂做什麼？

山頂有高度，往往是最佳的展望處。如果不知如何讀地圖，不會判別方位，不會從等高線看出山勢的起伏，山頭與稜線也就只是一個個突然高冒的點，和一條看不出規律的曲線。當然，還有與三角點的合照。不過高度和照片挽回不了一路捨棄的，沿途滴落的汗水將減損其之為汗水的意義。暫時脫離日常的舒適，忍受風雨日曬，臨崖而行，撫著岩石抓緊繩索橫渡一面持續坍落的崩壁，冒著如此的勞苦和危險，似乎不應該只為了山頭。

義西請馬至山之名不但拗口，也是著名的「遠山」，通常花上五天才到得了。中央山脈的主脊從丹大山到義西請馬至山是轉折最劇烈的一段，除了主稜在此折向南方，義西請馬至山的西北方又分出裡門山支脈，連接中央山脈最

大的支脈，東郡山彙稜脈。義西請馬至山既是中央山脈極為特殊而重要的轉折點，據說也是馳騁廣大中央山區的布農族五大社群的「分水嶺」，丹、卡、干卓萬、巒、郡，各自相鄰，互不交侵。除了東南面的大斷崖，義西請馬至山並不突出，裡門山支稜上的斷稜東、西山及裡門山都更為高聳，以至於從遠處要想辨認義西請馬至山必須具備深厚的功力。

我們在義西請馬至山頂大休，有人一再與基柱照相，擺弄各種姿勢，吆喝各自親近的同行者合照。在不可思議的喧嘩中，我的目光又回到南去的稜線，標高略低兩百公尺的烏妹浪胖山僅一小時之遙，南三段主稜悠悠呼喚，引我跨步走上一小段，這一小段路讓我離烏妹浪胖山近了些。站在稜線逐漸往南低落的起點，視線隨著蜿蜒的稜線遙遙指向馬博拉斯橫斷，雲霧中更遠的新康山也隱約冒出搶眼的錐狀山頭。

稜線東面崩塌得十分嚴重，幾乎垂直削落至太平溪溪床上，而溪谷中重雲盤桓，彷彿顯影劑，把太平溪的身形體態都清晰勾勒出來了。另一側是郡大溪上游哈伊拉羅溪流域，目光掠過不遠處一片箭竹草原，射向哈伊拉羅溪北源營地、僕落西擴山、烏可冬克山，最後停在再度抬高的稜線上的馬利加南山東峰，日後時機一到，一定要把這一段此時僅能以目光致敬的稜線變成一個又一個實實在在的腳印。

雲霧開始湧動，風也開始吹颳，彷彿催促趕快動身才是正途。揮別義西請馬至山，朝向斷稜東、西山去，這是此行一大嚴峻考驗。斷稜東、西山半隱在薄薄的煙雲之中，山徑爬上稜線後，煙嵐逐漸褪去，午後的陽光照亮稜線。路徑循稜腰繞經過一座標高約三千二百五十公尺的山頭，接著便一路岩稜。西南一側的崩岩令人膽怯，幸而前人橫過偏北一側踏出路跡，雖然陡上，全心以對便可安全通過。走上一片稍緩的空闊地，斷稜東山在南側不遠處，海拔接近三千三百公尺，山頂無基石，視野卻出奇開闊，對面橫著的是從東郡大山、本鄉山與櫧山連稜，夾在中間的深淵是馬戞英溪的源頭，和中央山脈諸多河川的源頭一樣，陡峭的地形、脆弱的地質、劇烈的沖刷，合適的因子齊聚一地，向源侵蝕大戲便登場了，東郡大山南壁、本鄉山東坡，都是一整面光禿的石壁，在陽光下閃動冷白駭人的銀光。

過了斷稜東山，路徑轉下，開始出現極度破碎的地形，著名的斷稜斷崖迎面而來，抬頭望向斷稜西山，難以言喻的壓迫感瞬間從腳底一竄而上，深怕土石鬆動落石從天而降。這一段路腰繞西山南側，有三段大崩壁，首先斜上切，土石鬆軟，只要謹慎踢出踏點便不難通過；第二段V字形崩壁最長，只能直接橫渡，先倚著山壁下至V字底部，鬆軟的土石坡幾乎找不到踏點，必須抓緊繩索一步一步走穩，最後再往上爬。最後一段大約二十公尺，仍然必須扶著山壁順勢下切，之後進入林子。

人人走得心驚膽跳，即使嚮導也不例外。隊伍前半段有一、兩位隊友極度謹慎——雖然再怎麼謹慎也不為過——摸索踏點花去不少時間，一行人卡在第二段崩壁V字底端，牢牢抓住繩索，緊靠著山壁等候。深淵就在腳邊，細碎的土石從傾斜且不明顯的路基墜落，短促地撞出碰撞聲，隨即彈離近乎垂直的崖壁，往外噴濺，彷彿被深谷吸乾似地不再發出聲響。沒有人知道那些土石多久之後再度觸及地表，停在多深的某一棵樹下或某一顆巨石之側。

吳桑收起登山杖掛在腕間，手抓繩索一步一步下切，登山杖不時撞上岩壁，對只有一隻手臂可以倚賴的他簡直就是騷擾。我投以關切的眼神，希望吳桑的「無雙」之臂可以讓他安全度過險境。進入森林後，在林子裡腰繞緩上，不久開始爬升，不停地在林下陡上，直到草坡現身，裡門山就不遠了。抵達岔路口，有人卸下背包，走上不遠處的三角點，有人循著明顯的路徑繼續向營地推進，不打算把力氣花在不是「百岳」的裡門山。

聽說有一類爬山客相當頑固，非「百岳」不爬，在他們的裝備清單裡，沒

有衛星定位儀或指北針這種東西，也沒有地圖，只要不是「百岳」一概不理，甚至「百岳」有哪些山頭也不很明瞭，彷彿「百岳」清單裡的山峰都叫做「百岳」。這一次的隊友裡就有幾個頑固分子，其中之最是一名退休男，此人經常爬山，郊山和中級山，似乎頗有心得也樂在其中，尤其一、兩天的行程，不至於影響工作。退休後他爬得更勤，卻禁不起年輕人刺激，稱他沒有高山經驗，沒爬過「百岳」，怎稱得上爬山。「胸坎卡著一口氣」吞不下去，又吐不出來，「我就是來拚百岳的。」他說。

裡門山四周是一片最高隆起準平原的平坦廣闊山稜，成片淺箭竹草原如靜止的翠綠大海。裡門山支稜西伸環繞丹大溪源，再向北轉折連上望崖山，這一線約略等高的山稜環繞著丹大溪源頭所在的谷地，呈現標準的老年期溪谷景觀，草坡上溪水慵懶穿流，池塗四布，是整段丹大東郡橫斷最美麗靈妙的谷地。

東進丹大西出東郡，翻越中央山脈，也是一段從秀姑巒溪流域跨向濁水溪流域的旅程。爬上義西請馬至山前兩天夜宿太平溪源，那是秀姑巒溪的勢力範圍，寬谷闊敞；裡門山後的營地傍著丹大溪源流，輕靈的溪水最終以濁水之名流進臺灣海峽。太平溪源營地與丹大溪源營地都坐落山谷的草坡，太平溪源營地疏朗開闊，而丹大溪源營地散發著靈秀氣，待上幾天，或許也能染上那一股難以描述的靈秀。

下抵營地前最後一道彎，正好面對溪水北去，一株巒大花楸孤立在那一線清流旁的短崖上，枝梢挺著簇簇嫣紅，乍看如花，當然不是，此樹白花，也不是轉紅的葉片，而是一串串成熟的漿果，枝幹上趴著掛著乾萎的松蘿，極淺極淺近乎雪白的淡綠，在後方溪畔坡上的綠竹和更遠處鬱綠樹色的襯托下，如此風景是我對丹大溪源最深刻的印象——嫣紅色的寧靜。

清晨聽見流水聲，睜了眼再也睡不著，丹大溪源的水聲似乎比太平溪源響亮，仔細一聽便知不然。山中作息配合每日行程，例如起床比平時更早，於是

一天改變一點，漸漸就調整為「高山模式」。感官也一天比一天敏銳，可以聽可以看可以聞的事物——或者說干擾——愈來愈少，使得眼耳鼻恢復渙散慣了的感知能力，大概是這麼回事吧。山中去來七天、八天乃至十天、二十天，身體髮膚愈來愈髒，感官和心智卻可能愈來愈清明。

拔營時天才微亮，橫越溪床後爬上山坡，這時朝北，上坡後轉西北再轉西。上坡不久，西南方的谷地漸漸顯露；愈爬愈高，那片丹大溪源內營地所在的谷地終於全貌畢現，真該多走十分鐘在那裡紮營。天光仍然幽微，水池映著暗藍天空的泛紫雲朵，落在安靜豐美的箭竹草原上，天亮前將明未明，這樣的光與風景極為短暫。為了這樣的光與風景，腳步樂意暫停，於是眼前的景物開始凝固，在隨著腳步停歇而靜止的時光中凝固。

吳桑從胸前的口袋掏出照相機，這是少數他仍自行攜帶的裝備。他站在斜斜爬高的稜線，對著擁抱一池一池鏡水的谷地獵景。在那樣一個黯淡的時刻匆促按下快門，試圖留下和肉眼所見一樣的光景，最終可能只是徒勞。世上沒有比雙眼對焦更迅速、測光更準確、快門更敏捷、取景完全不受景框侷限的照相機。要是吳桑停下來多看一眼少按一次快門，或許可以留下更多不需要考慮光圈大小不受感光限制的照片，這些照片將不以任何物理形式存在，不需憑藉任何媒介。

天空漸亮漸藍，面向東方的稜線上半部染上一層出奇晶亮的黃光，山樹披上金衣，遠望就像隔著一枚色調偏黃的濾鏡，而那一片溪源內營地仍然暗黝黝。光亮不總是照遍每一個角落，和人間一樣，有些時刻有些地方是陰暗的。爬上稜線，視野大開，玉山聳立在西南方，北峰、北北峰、東峰、南峰，諸山環起，中間隔著巨大的馬博拉斯山。能夠在絕頂之上看見立體的臺灣島，就像受到一種不可取代卻又難以描述的狂喜的撞擊，這種景觀上的刺激比大峽谷或峽灣或無盡的沙漠複雜一點，夾雜了些情感，大概就像一枚長了肉的驚嘆號。

午前的大草坡很誘人，藍天白雲，光線明亮。沿途盡是可觀之樹，那些孤立草原或突出稜線之上的，孤單卻不寂寞，從它們身上可以稍稍領會這種有如悖論的矛盾情感。並且每一棵都是時間，我不是植物學家，對於植物的認識甚至不及業餘程度，無法從胸徑判斷樹齡，但它們站立的姿態和枝葉伸展的方向讓人能夠輕易想像風和時間在此如何奔馳。

裡門山支脈從義西請馬至山岔出後，尾稜降入丹大溪源頭，此地是臺灣老年期地形最發達之處，此後以西稜線再度爬上望崖山，銜接東郡山彙稜脈，經天南可蘭山、可樂可樂安山、郡東山至東郡大山，這一段蜿蜒的高地嶺脈是臺灣最古老的平原之一，地質學家將這種地形稱為「最高隆起準平原面」。造山運動抬起的山脈主脊本是最高的平面，在不斷隆起快速上升的過程中，河川發育導致侵蝕以及風化作用使得山脈主脊成為陡峻的分水嶺，河流切割經年累月，地形愈來愈破碎，最終殘留的就是「最高隆起準平原面」，最知名的要數能高安東軍一線光頭山附近大片連綿的箭竹草坡，南二段大水窟一帶、三叉山的平頂山頭都可以說是臺灣最古老的平原。

從望崖山的三三二一公尺開始，稜線平緩地向東郡大山抬昇至三千六百公尺，在巒大溪與丹大溪向源侵蝕下，這條稜脈的東北側被割出數條溪溝鞍部，一片片高地互相隔離，而高地的西緣受到馬戛英溪更劇烈的向源侵蝕，形成險惡的鋸齒狀崩崖，這些崩崖往往逼近山脊，東面卻是草坡緩降的單面山，望崖山、天南可蘭山、可樂可樂安山和郡東山有如長相相似的兄弟，相仿的淺箭竹草原景，展望良好視野遼闊，行走其上，經常可以感到一種溫柔的快意。

天南可蘭山是一個容易錯過的山頭，而可樂可樂安山是一個圓滾滾的山頭，從東面完全無法想像另一側有多麼險惡。幾乎每一支隊伍都會揹可樂上可樂可樂安山，在不鏽鋼基柱頂端擺上兩瓶，拍照，再喝掉。我一直避免留下相似的照片，但真的有人從背包翻出藏了五天的兩瓶可樂，當成拍照道具，最終

我在眾人催促下與可樂合照了。刻意不與可樂在可樂可樂安山一起入鏡，和刻意與可樂在可樂可樂安山合影有什麼不一樣？換個角度想，無謂的堅持顯不出任何必要。即便如此，我對那兩瓶可樂仍感到介意。

天氣愈來愈穩定，十一月的陽光出奇強烈，大家紛紛把帳篷、睡袋、衣物晾在平緩的山坡上。我也找了一小片箭竹稍疏之地，躺著曬太陽，真好，不趕路。人聲在二、三十公尺外的山頂，偶爾傳來一陣喧鬧。我的視線和箭竹一樣高，轉頭向兩旁望去，眼光隨著大地起伏，啊，多奇妙的景色，和雙腳踩在大地或者說直立地站著看見的世界不一樣。突然揚起一陣風，一件帳篷抖著抖著飛上天，有人追上去……

離開可樂可樂安山，在翻過一座小山頭前轉身顧望，箭竹草坡連綿成野，無論看幾遍也不膩，若非親自踏抵親眼看見多變險惡的地形，大約難以相信草坡的盡頭就是深淵絕壁。

郡東山頂前的箭竹長相與別地不一樣，一叢一叢如同一顆顆綠色大球，高度大約及膝，不知什麼原因讓箭竹長成如此可愛討喜。站在山頂回顧來路，稜線一邊是平緩的箭竹草坡，另一邊是崩壁直下深谷，這一帶稜線的岩層風化後崩解成細碎的小破片，遠看就好像覆蓋著一層砂土，有的箭竹叢往山谷滑落，雖然還懸在崩壁邊緣，但總有一天會跟著土石墜落溪谷。地形地貌變化如此快速，再隔幾年來看應該又是另一副樣貌吧。

郡東山和東郡大山間隔著一道深鞍，有人在陡下之前以枯白的獸骨排成箭頭指示方向，一開始路徑還在灌木與草坡裡，越往下降越靠近左手邊的崩壁，舊路遇到崩壁早就斷了，幸而崩壁頂端的稜線是細碎的小石，沿著草坡邊緣走還算安全，再往下就進入森林，一路直下鞍部，森林裡路徑清晰。那一天，我們下降將近三百公尺，在溪水淌流的溪溝旁遇見一片林下草地，地上鋪著綿綿草毯，離日落還有兩、三個小時，陽光從松枝松葉篩落。

隔天摸早黑上路，森林下的溪溝燈光點點，路徑緊鄰崩壁，摸黑行走令人心驚，氣溫接近冰點，仍走得一身汗。從溪溝上稜不久，東方的雲層和山脈漸漸變色，太陽還在海平面下，散射的光芒早已迫不及待把雲團和山嶺燒成火海，雲團在遠方日光的托襯中湧動增生，像一種不知名的奇異生物，不斷滋長、分裂、聚合，並且愈來愈耀眼。終於太陽從雲團後方升起，我們沒停下腳步，跟著太陽一起爬高，在高山上看日出似乎讓人忘了還在爬坡，一邊走一邊看旭日和彩雲。

這是罕有的經歷。

抵達東郡大山三叉路口，天已大亮，但風颳得簌簌響。這個三叉路口就是地圖上標註的北鞍營地，是東郡大山西北側一片草原上的低陷淺山坳，寬闊開敞，缺水，不避風，卻是丹大東郡橫斷行程中視野最開闊的營地。

冒著獵獵晨風，拉高衣領爬上東郡大山，一等三角點的展望果然不凡，奇萊群峰、干卓萬群峰、丹大橫斷、新康山、馬博橫斷，最搶眼的還是玉山群峰。腳下的馬戛英溪水量並不充沛，令人難以想像它如章魚觸手般向四方伸出的支流以怎樣的力度啃嚙群山，但只要望向溪谷另一邊，看見望崖山到郡東山一線的崩壁，一定能夠理解溪水如何日夜掘鑿。

從三叉路口往西北方望去，是一片綿延近三公里的高嶺，同樣屬於最高隆起準平原面地形，其中立著兩座蝕餘殘丘狀的山嶺，起伏並不劇烈，隔著淺鞍遙相對立，兩面綠茵似地的單面箭竹坡以令人舒心的姿態斜插於遠處，有如兩座黛屏，近的三連峰其中之一是烏達佩山，遠的是東巒大山。我們將背包卸在營地四周，輕裝迎向丹大東郡橫斷另一段闊遠又柔美的路程，沿路短淺的箭竹如芳草，在碧藍的天空下恣意鋪展，山峰與草原渾同一色，摸黑而上的險厄與汗水都讓澄碧的天色草色拂拭得乾乾淨淨。

即使地處中央山脈主稜之西，這一片島嶼中段的廣邈山區仍是最深遠的心

臟地帶，也是縱橫高山的布農族早年馳騁之地，東巒大山之名起於巒社之東，巒社群稱之為Maandas，意指「禿頭」，而南方的郡社群稱Hulbuh，「短髮」之意，皆因形而名，而名稱不同，說的都是大山短草覆蓋的外貌。烏達佩山之名據說來自布農族語的「屋頂」Wutavi，這一座東西向的橫嶺三連峰果然如屋脊，偏東一側一顆突起的岩峰為最高點，豎有一支不鏽鋼基點。郡社群所稱的Hulbuh不僅東巒大山，還包括烏達佩山，從整體山形看來東巒大山與烏達佩山似乎同屬一座基盤廣闊，而烏達佩山高於東巒大山，東巒大山矮一截，論氣勢不如東郡大山，有虧「大山」該有的格局。不過，這都是渺小的「人」自說自話，那些本來就沒有名字的山峰一點也不在意叨叨絮絮的品頭論足。

背包再度上肩，離開高聳的東郡大山，方向東南，一路極陡下切，偶有碎石坡，左側依舊是崩壁，再怎麼謹慎也不為過。陡降三百五十公尺到本鄉山前最低鞍，植被多了，刺柏當道，是意志和耐力的試煉場。過了最低鞍開始往上爬升兩百公尺，有時遁入樹林，有時走進矮樹叢，林中光影錯落，有如幻境，尤其當陽光從西側射入時。愈接近本鄉山，地形愈破碎，午後本鄉山東側背陽，馬戛英溪強烈侵蝕崩成的大崩壁愈顯得恐怖。

鑽出樹林後是一片可紮營的平坦草原，再一小段稜線就到山頂。本鄉山標高三四四七公尺，不屬百岳卻比三分之二的百岳山頭還高，無基點，據說已崩落至溪谷。本鄉山是典型的單面山，山頂稜線以西是箭竹草坡，一翻過稜就是裸露的岩壁，沒有緩衝，毫不通融，可以想像崩壁如不可抗拮的大軍，稜線不斷退卻，尖削如刃，中央尖山頂猶有可立足之地，本鄉山最高點卻是一線向上收束的片稜，如南湖東峰卻更逼仄更險峻。站在山頂循稜往北回望，東郡大山巨大的軀體穩穩盤據在馬戛英溪的源頭之上，從義西請馬至山起直到櫧山這一線高嶺稜脈連延如一個巨大的倒U字，中間空著的是馬戛英溪的深V狀溪谷。

吳桑又一次沒跟上，落後多遠不好判斷，遲了半個小時，或者更遠。為了確保隊員安全，領隊決定回頭找人。我有地圖也有衛星定位儀，往櫧山北鞍營地路徑明顯，因此委我帶著其他隊員前往營地，再下至馬戛英溪支流取水。

連續兩、三天晴朗後，大氣又開始騷動，雲霧再度聚攏，一陣雨匆匆降臨，來不及穿雨衣便停。一路上上下下，最後下至櫧山北鞍，又是一處寬闊的谷地，四周緩坡，中央短而稀疏的箭竹，像一隻綠色大土鍋。櫧山北鞍營地非常空曠，許多隊伍在此過夜，人一多垃圾也不少，營地四周不難發現廢棄鐵罐，多數是瓦斯罐，有的生鏽，有的塗裝還能辨識，此地又高又冷，鐵罐鏽壞需要一段漫長的時日。棄置者輕看大自然，也輕看了自己。

黃昏將近，雲團下沉，霧氣籠罩鞍部，愈來愈濃，最後與黑夜聯手隱沒四周的山頭，月亮鑲著黃暈在雲間閃躲。人語早已停息，除了大氣湧動和水鹿鳴叫，黑夜中再沒有其他聲響。山下的世界喧囂不絕，眾聲喧嘩對我而言是另一種安靜，但真正的寧靜果然還是在這樣的高山才確實存在。在帳棚裡裹著睡袋，點亮頭燈看看地圖，回想一天走過的路，那些山那些樹險惡的崩崖悠緩的草坡，所有只能在山上才能遇見的景物，很容易讓身體和腦袋分成兩種對立的狀態，四肢肌肉經過一夜休養或許只能稍稍恢復，而腦中盤旋迴轉的山樹石水景令頭腦清明，儘管短短十分鐘，最長不超過一小時，眼睛一閉，白天的景色聽見的聲音快速地在跟帳篷外一樣黯黑的營帳裡流動，如電影播放，畫面流動的順序並不按照時間先後，彷彿費過一番工夫剪接，令人既驚又喜，捨不得睜開眼。那是神妙的時刻，閉著眼才看得見幾個小時前走過的路穿越的雲霧看見的稜線擦過腰間的樹竹腳邊的草花，它們以一種不可思議的順序重新排列，可惜我往往沒能好好看完如此絕妙的影片即沉沉睡去。

一早，所有人迎著金光走向櫧山。東郡大山南稜經本鄉山，高聳的稜線到了櫧山突然西折接無雙山。櫧山北稜是寬闊的緩坡，西稜接往無雙卻狹瘦而密生樹木，獨立拔高超過三百公尺，無論從哪一個角度看都是醒目的山頭，尤其東南兩面崖壁直降郡大溪上游的哈伊拉羅溪谷，山勢孤峭挺拔，從東邊的望崖山看來就像巨大金字塔的巨大斜面，從義西請馬至山到東郡大山，一路上櫧山高俊雄偉的山容從未逸出視野。櫧山海拔三四三七公尺，比百岳名單裡多數大山更高。那麼「百岳」有什麼意思呢？不把「百岳」當成惟一的目標，而是值得一訪的勝景清單，如此走起來應當更自在。

接近櫧山，放眼一望還是幾天以來熟悉的箭竹草原，高大的山頭北面有兩、三股突起的矮稜，以逆時針方向盤旋上山。隊伍爬在稜線上，東來的陽光在稜線西側下方的草坡上投下逆影，在乾淨的蔚藍天空之下，在碧翠的竹毯之上，人影緩緩移動。百岳清單外的櫧山山頂，清早寒風簌簌，放眼環望，往北越過本鄉山，東郡大山巨大的身影就是視線盡頭了，西北遠處的東巒大山露出一角，那一小片近山頂處的箭竹坡因晨曦而綠得閃閃發亮，沒能看見的還有被東郡大山擋著的披落到鞍部林緣的那一大片一定也正閃耀著的箭竹。一年之中還有許多類似的清晨，陽光從太平洋那一頭射來，照亮或者就說喚醒暗了一夜的東巒草坡，水鹿一一遁去，箭竹原開始發亮，直到過午太陽偏西，光線漸漸與只在山頭東側才有的箭竹坡平行，東巒的綠光才逐漸消隱。

想要如此看見看不見的東巒大山，惟有在櫧山山頂。南方的馬博拉斯橫斷一線陳列在櫧山之南，隔著哈伊拉羅溪谷和黃當擴山，馬博拉斯山巨大的身影幾乎就在正南方。中央山脈主脊從馬利加南山經馬利亞文路山，接上馬博拉斯山後轉向南方，於是順著稜線便看見中央山脈最高峰秀姑巒山和更遠的大水窟山，那裡有另一片同樣知名的箭竹草原。我非常想念滿布水鹿排遺的大水窟草原。

當然，櫧山山頂耀眼的風光還有西南的玉山山塊，主峰、南峰、東峰、北峰、北北峰，鳳尾岩也隱約可見。如此樂於勤於辨認山頭為群山點名，到底為了什麼？確認眼前看見的，還是為了展示關於山的知識？無論何者，似乎都暗示我這樣一個樂意爬山的普通人，除了背包裡的裝備和食物，還不自覺地把一個執念也揹上山了，數算山頭，耽溺其中，嚴格說來，不就是吳桑或非「百岳」不爬的山友的反面典型？山頭的名字、方位、高度、里程……等種種必要「裝備」，有無可能適當地忘記？

不知誰撿了一顆鹿頭放在基點旁的碎石地。這頭公鹿死了好幾年，皮肉腐爛一空，一雙三叉大角尾端灰白，枯骨不均勻地覆著一層很深的墨綠，似乎是苔蘚的痕跡，空洞的眼窩大得令人錯愕，彷彿會吸人，口鼻朽壞成一個大孔，部分骨片崩失，形成尖銳的不規則鋸齒狀缺口，吞得進任何東西似地，可以確定的是，自從倒地身亡那一刻起它已吞下一大把時間。

茜紅的天空漸亮，陽光也熱起來。背包再次上肩，隊伍前行，朝向無雙三峰。一路沿著明顯的稜線前去，南側深處就是哈伊拉羅溪谷，途中只要開闊處就可以看見溪谷對面馬博拉斯山兩條分別向西、北延伸的支稜，黃當擴山南峰、中峰、主峰這一線差不多朝正北，駒盆南峰、中峰、主峰這一線則向西北延伸。玉山群峰愈來愈近，只隔了幾座溪谷，這是一種故作輕鬆的講法，每過一座溪谷可能就要花去一天，還必須面對未知的危險。一邊走一邊看望無盡的山色，令人只覺臺灣的山「密密麻麻」。這不是一種感覺，而確實如此。

從櫧山至無雙連峰，必須先下到鞍部，再爬升，鑽出樹林就看見無雙山東峰圓滾滾的獨立山頭。與陡壁打交道的方法只有一個，慢慢爬。無雙東峰山頂腹地狹窄，沒有基點，有人就地疊起一座石塔以為標誌，回望一個多小時路程外的櫧山，直線距離大約兩公里，揹著重裝上上下下一點也不輕鬆，更驚人的是一百五十公尺外的無雙最高峰，南面的岩壁差不多是垂直的，草木稀疏點綴著岩面，大致上給人的印象如同錐麓斷崖，只是規模小得多，即使如此，也不至於直接攀爬岩壁直上山頂，難道是腰繞北面樹林盤旋而上嗎？

不，隊友正一一爬上獨立突出的絕壁，緩慢但有效率地接近山頂。真是令人震驚的景象，一方面直上絕壁令我非常吃驚，另一方面我為吳桑感到憂心，如此困難的障礙，只靠單臂如何克服？幾年前有人摔落無雙山請求救援，更久以前有人在此摔傷背脊阻礙步行又遭遇惡劣天候最後失溫而亡。我在鞍部的山峰基座旁連喘了幾口氣，即將遭遇的是我以為此行最驚險的路段，一失手一失足就是可怕的後果，沒有人可以擔保平安。攀岩途中，山峰主體一旁岔出一顆尖銳的岩峰，峰頂尖石嶙峋，匆匆一眼瞥過，不敢分心貪看。一身汗水彷彿是被驚懼逼出來的，戰戰兢兢上了山頂，一樣有一座石塔權充基點。離開無雙最高峰往基點峰途中有一段陡下，架有繩索，此後路途便平緩得多，直到密林中的基點峰。

吳桑如何爬上最高峰那面駭人的岩壁，又如何下了那一段險崖，身為一個四肢不缺的普通人實在難以想像，惟一可以確定的是他驚人的毅力，還有從幾十座百岳的經驗中找到一種只適合他的方式來克服漫長艱難的路途。吳桑把所有精力用來克服艱難漫長的路途，以至於沒有多餘的力氣花在難得的風景，這也是事實。譬如離正路十分鐘腳程外的天南可蘭山，寬平的峰頂不見得有什麼特色，但站在某一座山的峰頂不是為了那座山，而是那座山以外的風光。吳桑錯過天南可蘭山，他並非錯失而是選擇遺漏丹大東郡橫斷中值得放眼一覽的風景之一，他很可能不再走進這一片蠻荒偏遠的島嶼之心，當他盤腰繞過天南可蘭山，也就失去了天南可蘭山的展望。

山是重的。爬山人各懷目標，對山對自然也各有想像和期待，有人把山頭當成既去則返的試煉場，攻頂就是一切，有人牢牢記住走向峰頂的每一步，試著熟悉沿途錯身而過的的岩石草木，盡力遠眺，盡力觀察，使之化作記憶，讓山的重量化為自己的重量。不同的人持不同的態度面對同一件事，這是必然也是很自然的一件事，就像山，同一顆山頭，角度不同，看起來就不一樣，山是立體的存在，人事也是。像山一樣，持重是好的，「爬山」若有所啟發，這是其中之一。

偶然得知吳桑的近況，「無雙」之後，他已在另一座山頭「完百」。如果再遇見吳桑，我想說聲恭喜，還想問除了交錯的腳步還看見什麼，除了濁重的喘息還聽見什麼，這些問題不帶挑釁，只是試著探知以「百岳」為目標，即使個人能力不足以應付也不計代價甚至以身涉險設法完成，那樣的堅持或頑固究竟是怎麼一回事。

每一次上山都是一次探險，但是「探險應該不是單純的走過很多表面上的距離，而應該是一種深入的研究。」李維史陀尖銳地指出探險的意義。深入的研究可以讓「爬山」比爬山多一點價值和興味，而這一點價值和興味無疑是讓無數腳步累積成可堪記憶的生活的必要成分。

圈谷途中

有人說離群獨處七天是一項考驗，一道關卡，七天後要事展開無情追逐，連瑣事也不放過暫時脫離世間的離群者，情緒漸漸潰散，日子一長，此人便成廢柴。我只進山五天，不至於脆弱到淪落如此悽慘的境地。

這個論調令人想起幾十年前一群遭遇無情監禁的人們。一九五〇年五月十七日，上千名「囚犯」被趕進一艘鐵口大開的戰車登陸艦，一路顛簸，當鐵口再度張開，藍天大海迎面撲來，人人以為到了天堂，午後陽光燦爛，空氣中洋溢著海的鮮味。他們被送上美麗島東南方海面的美麗孤島，比起美麗島上陰暗擁擠悶濁的牢房，這座逃不出去的海島監獄無異天堂。四周的大海是相當可靠的藩籬，但當權者縝密的思考可能以為牢籠再怎麼堅固也不為過，於是命令他們上山採石下海撬開珊瑚礁，使其流血流汗搬回石塊，在營舍四周疊起一堵壯觀的牆。一道厚牆隔開大海，把他們圍進一處山坳。他們遭到監禁，但並非獨自一人，同監的幾十人上百人，在一個小房間一起度過五年、七年、十年或更久，稜稜角角可能稍有磨損，但神智仍然清明。孤獨是致命的，他們面臨無情的強制勞動和荒謬的思想改造，而未遭受長期的獨自禁閉，這確保了一部分活下去的動力。

長久的孤獨是足以致命的苦刑。我離群短短五日，應是一種健康的疏離，離開平常的作息，即使如此也非脫離生活的軌道，只是到山裡過幾天不一樣的日子，不是為了尋求「心靈的平靜」，也不是尋找一個不可見的無上之主。把自己交給一個看不見的主，相信一個看得見卻滿口胡話的上師，本質上似乎相同，不太容易區分。

世上有一位至高的神萬能的造物主嗎？有一個萬能的主造就了眼前的南湖大山，命令冰河蝕刻南湖圈谷嗎？那不是一個有效的問題，不過尊重他人心中存有一位至高的神萬能的主是必要的。以大自然為親人、朋友、導師或一種信仰，不難理解，令人困惑的是此般念頭因何而生，由於困惑，以至於無從體會其中流動的情感。無論是否擬人，大自然是一個人們尚未完全理解的存在，理解必須透過科學與理性，形而上的、不能解釋的大自然並不存在。

山就是山，山、樹以及花草鳥獸除了是山、樹以及花草鳥獸，還能是其他東西嗎？它們就是它們自身所呈現的，形狀、姿態、顏色、溫度……，自然的本色如此繽紛多彩，面對群山，凝眺稜線，仰望、直視、接觸，便已足夠。關於山關於大自然的感性說詞和親密的想法究竟源自何處或為何種情感所觸發，令人費解，由於信念——或者偏頗的執念——我無意耗費心思去探索山或者自然究竟給予怎樣的恩惠。風景是自私的，沒有人看見一樣的稜線，那些任意起伏的曲線或因角度或因雲霧每一分每一秒都呈現不一樣的景象，映入各自的視野，因取捨而各自有異，於是感受不同。與其說天地有靈，不如說那是不同觀照不同心思的反映。

山就是山，是而且僅是巨大而靜默的存在，我樂意揮汗走在如此安靜的巨物之上。我不擅長也不喜將山川當成人，不認為也不會講出我來拜訪老朋友之類的心靈話語，只是一次又一次揹上食物睡袋，走進山裡，如常吃睡幾天，奇萊、雪山都可以是目標，這一次想去南湖，和往常一樣單純的設想，準備妥當，就上路。

在有限的經歷中，南湖和奇萊是我樂意一再造訪的高山。平日生活出沒的小城古時以奇萊為名，很長一段時間以為地名借大山之名為名，一直渴望一探以奇萊這個如蟋蟀枇杷之類不可拆的詞彙為名的所在地。關於奇萊諸山之名的來由，後來我獲知更值得信服的故事，原來一點也不像我自以為是的臆測。這絲毫不減奇萊在我的記憶中投下的巨大身影，望著尖峭的山形前進總是令人感到接近一種山下世界絕不會出現的寧靜，伴隨著強勁的冰風和說來就來的雲雨，就像藏著苦瓜濃縮汁的夾心牛奶糖。

在一個聊天談趣的場合，有人說曾經有人遠遠看見南湖山腳閃現耀眼的金光，其實只是俗稱愚人金的黃鐵礦。無論黃金或黃鐵，都不是我一再前往南湖的原因，甚至攀上南湖主峰也不是催促啟程的動力，冰帽、冰斗等等自鹿野忠雄以來關於地質與地形的發現與推測也不具充分的誘惑。來訪數次，終於確定只想在平坦的圈谷無害地搭起帳篷，一點也不想住進更能遮風避雨的山屋，而是渴望像一旁的香青、箭竹或小蘗一樣無害地活著，那種因為活著所以繼續活著的樣子非常誘人，那應該是最低限度的慾望的型態，有一天壽命到了極限，就死去，不再供水給葉片，讓葉片漸失水分漸漸枯萎，灰白的枝幹繼續挺立，直到在某個氣力放盡的白晝或午夜砰然倒下，或者忽來一陣強風，萎黃的枯枝乾葉不堪搜颳，浮上半空，在短暫的飄飛後輕盈著地。這真是一種巨大而完整的安靜。不知道從甚麼時候開始，那樣的念頭開始左右我的思考，盡可能力行，不是沒有慾望，而是盡量減少慾望，沒有汽車，減少奢侈品，沒有山珍海味，「減少慾望」變成最大的慾望，那是南湖或奇萊這一片自然大地的啟發，不是給予也不是教導。大自然展現各種面貌但不言不語，它們的體型十分巨大，卻不扛起心靈導師的大旗。

這一趟獨行名副其實。前一個冬天獨自上山，遇見一個也獨行的女子，我們一前一後，沒有聊天，幾乎沒有說上話，各自鼓動在山中行動的韻律節奏，這些都在意料之內，保有大部分獨行的樂趣，意料之外的是一股隱約的安全感，以及知道彼此存在的類似同伴的感覺——幾天後我的確在五岩峰拉了她一把，她拿一顆白桃向我換了香氣更濃郁的西洋梨，我們在南湖北山登山口一塊喝了咖啡——這些當然不是多餘，但無疑是額外的，減損了一點冒險的意味，減損了一點期待中的恐懼和孤寂。

預報天氣連日不佳，大概動搖了人們上山的意願，以至於此行無論往返相伴的都只有自己的喘息和腳步。在一段短暫的時光裡我是大山裡的一個人，沒有同伴，沒有談笑，不必分心照看他人，也不需要他人好意照看，預期以外的事件減到最少，可以專心走路。沿途的山樹蟲鳥一樣進入視野，認得出來的就默念一遍樹名鳥名，認不出來的也沒少看一眼，它們像雲霧般飄去，不多加關注不多花心思，希望所有的景物像流水掠過河裡的岩石，不為它們逗留，不擾亂穩定的步伐，不是為了拚速度更不是為了創紀錄，而是把全副心思用來細究爬山這種看似無聊費力的舉動，除了天雲山石花樹，還可以照見什麼。

平時爬小山，純粹訓練，磨練腿腳肌肉，測試心肺能耐，目標明確，確保上山時具備足夠的體能，只有把心思用來驅使左右腳維持穩定的速度交互前進，才能讓腦袋進入一種空白卻不空虛的狀態，惟有在這種狀態下才真的看清「我」的渺小，渺小到足以理解天人合一是一種蒼白的幻想。自從文明開創以後，「我」與自然之間就不可避免地生出一層藩籬，即便那一層藩籬再薄，也不禁以習慣以已知的經驗去理解身處異境時被激發的感受，例如將風穿過松杉針束的鳴響描述為濤。如果「我」盡可能退回蠻野狀態，如鷹鼠蟲菌般僅憑本能應對，「天人合一」——準確地說應該是「天人為一」——才可能重現，我相信洪荒之時人確實是「天」的一部分。退一步來說，如果「我」坦承受到文明的薰陶，願意接受那是擺脫不了的事實，就不至於妄想「天人合一」，如此一來才可能與自然少一些隔閡。

一邊走一邊胡思亂想，這是走路的大趣之一。

風拂過松林，在我之前之後也許還有人正要上山下山，但那時在我所能感知的範圍內只有我一人，有那麼一刻我是山裡的一個人同時也擁有了一個人的山，如此，孤寂大於恐懼，這是把自己丟進山裡的樂趣之一。如果有一種溫度計可以用來測量孤寂，那麼孤寂一定是冷的，乾乾淨淨的冷，積雪覆地，除了高突的喬木一無他物連鹿羊腳印也沒有的那種冷瑟。

在松下逗留了一大段時光，繼續往前，肌骨漸漸適應，腳步愈來愈輕快。彎進多加屯避難小屋，小屋依舊，淺黃褐色的鋁皮小屋，基地前高後低，尖銳的雙斜屋頂陡落而下，低於牆堵，正面離地不及一尺，看來就像一頂覆蓋在地的銀盔，在天光下微微發亮，令人感覺堅固而安全。小屋附近沒有水源，不遠處有一窟水，號稱「松露池」，美麗的名字不禁讓人燃起熊熊希望，其實只有滿溢的沮喪，四周並無流水，就是一坑死水，坑底鋪著帆布，這漥人工迷你黑水塘遠遠不如天然看天池。松露之名，優雅好聽，或許可以稍微減輕必要時不得不喝的痛苦吧。

幾乎沒有人在多加屯過夜，這座只擠得下七、八人的小屋的前身是無線電中繼站機房，跟奇萊稜線山屋一樣一入夜就變成鋁皮冰箱，寒氣上竄，尤其冬季，無論泡綿或充氣睡墊都擋不了體溫無窮盡地散失，就像中了吸星大法之類的邪惡奇功。若非落難不得不「迫降」，否則住進多加屯小屋簡直就像直奔冰冷的懷抱，寒氣必定回以熱情的擁抱。

回到正路，方向東北東，不久抵達多加屯山西北方一座海拔二七一三公尺的平緩山頭，山路爬過峰頂，路旁豎著一面歷史久遠風雨斑駁的木牌，上頭「多加屯水利三角點」的字跡漫漶難辨。多加屯山基點峰還在前方，山徑兩側箭竹密立，只要莖稈可以立足，分寸之地絕不放過，在竹莖夾道的山路左側有一個狗洞般的小口，宛如通向一個奇異密境的入口，走快了或一不注意就錯過。我不是三角點狂迷客，沒有收集基石的志向，但既然經過就順路彎入再訪一次。

低著頭鑽進小口，一路屈腰，費力撥開擋路的竹枝，約莫一分鐘就看見路底的密竹林中有一方空地，多加屯山基點峰就在暗黑的箭竹隧道盡頭，三等三角點，基石編號六三二六，在耀眼的天光下孤單蹲著，竹稈環伺，高過人身，一座視野為竹樹遮蔽的山峰。原路折返，又一次撥開密生的箭竹，鑽出竹枝掩蔽的洞口之際，我瞥見一頭鹿靜靜地盤據在山徑上，中等體格，不是幼鹿，看起來也不老。牠時而嚙咬竹葉，時而低頭又或者短促地仰頭，有那麼幾秒鐘牠定睛看著我，我相信那頭美麗的獸也知道我正注視牠。

圈谷途中

那是出神的片刻，無論牠還是我，都正在適應兩者之間只存在現實意義的距離這件事實，十尺，最多十二尺，而這相隔數步之遙的狀態不可以被擾動，那是脆弱的平衡，一有動靜，即便再微細，也會使得此一出神的片刻立即崩潰。我抱膝坐在竹下，除了呼吸，盡量減少動作——這才發現原來平常竟做了數不清無謂的動作——還忍住了忽來一陣風掠動竹葉輕輕掃過臉頰的搔癢。那一顆深棕色的頭顱正想些什麼？沒有人猜得透，牠也一定意料不到我正設法凝固這一次突來的相遇。然而在如此純粹的瞬間，思想、念頭、感受諸如此類的藩籬即使存在，也阻隔不了安靜而清澈的凝視。

我的腦袋一片空白，不，應該說清明而無雜質，即便在能高安東軍一線或嘉明湖邊與不畏人的鹿群更近地接觸也不曾激發相類的感受。我和那獸的眼神在接近海拔三千公尺的高處隨著輕風交通，甚至以為我們的血液一度在那短暫的幾秒鐘裡以一種無法描述的方式換流，不因不同族類而互相排斥。如同不期相遇，那獸突然轉身，拂動山徑一側較疏的竹枝，淡然離去，就像年輕時代的情愛，毫無徵兆地消失。

下山再看照片，發現犯下不可思議的差錯，竟然在那一罕有的瞬間以羊為鹿。牠是更謹慎更羞怯的山羊，雌雄頭上都頂著一對尖銳的角，略向後曲，終生不脫。臺灣長鬃山羊一度被列為羚羊亞科，後來改列羊亞科，曾被認為是與日本長鬃山羊同種的亞種，晚近的分類系統則將之歸於髭羚屬，成為臺灣特有種。無論羚羊亞科羊亞科，無論哪一屬，在更基礎更大範圍的生物分類級別中，牠們都被歸在牛科。牛羊其實不如一般以為的是兩種型態與習性差異因而毫無關係的物種。不是很像愛情嗎？在某些情況下，人們最後會認清有些愛情其實是被誤認的特有種。

多加屯山以後繼續沿著稜線走，路徑大致朝向東北，下到最低處的木杆鞍部不到兩公里，海拔下降將近三百公尺，若在此地取道東南向岔路陡下南湖溪，再翻山越嶺下到中央尖溪，繼續上溯中央尖溪，行到水窮處，爬上中央尖山主峰東峰鞍部，便相當接近中央尖山的峰頂了。我曾反向跋涉過一次，那是中央山脈北一段環形縱走最後一天行程，從南湖溪山屋沿乾溪溝爬上木杆鞍部那一刻，連日疲憊的雙腳頓時輕盈起來，六天行程即將平安完成的喜悅，以及一路上上下下換來飽覽山色草木的滿足，彷彿都收束在木杆鞍部這個岔路口，就像一個把汗水換得的美好記憶牢牢看顧的結頭。

揹起靠在指示牌柱的背包，一道長上坡，再一段緩下坡，就是雲稜山屋了。推開門，金屬門軌發出尖刺聲，迴盪在空無一人的內室，沒有人被驚擾，也沒有人擾動預期的孤寂。我享用了一個一個人的午後，煮水喝水，坐在短簷下凝視屋旁的高樹在逐漸淡微的天光下從一身青綠退成一幅暗影。起身走向屋後的雨水蓄水桶，轉開水龍頭，旋緊水龍頭，然後轉身面向南方，看見北一段的尾巴，目光遙指迎面進入視野的稜線。

遠遠望去，南湖南峰翹著拇指，斜插上天的中央尖山孤傲尖銳。它們都是中央山脈主稜上的山峰，在起伏不定的稜線上或尖凸或圓潤，各自擁有各自的形容各自的姿態。

每一條稜線都獨一無二，不規律地起伏，不規律地蜿蜒，放肆變幻，層層交疊。似乎沒有人嫌稜線難看，總是在山徑上聽見漣漪般對稜線的讚嘆，每一聲「好美」都如此飽滿，同時也因過於飽滿而不免顯得浮泛，除了認山頭替群山點名，似乎沒有更具體的陳述，那些用來描述山容山色的形容詞往往既偷懶又指涉不清，讓人產生模糊的共鳴，無從確切理解稜線何以稱美。

毫無規則的稜線起伏與羊齒植物葉片的理性排列或許是兩種極端類型的美感經驗。羊齒植物以一回羽狀、二回羽狀、三回羽狀，乃至令人眼花撩亂的多回羽狀展現純粹的排列與對稱之美，無論再怎麼繁複，總是簡潔而清晰地呈示規律、秩序與邏輯可以如何動人，並可以理解、掌握、預測，願意的話人們還可以將之化作語言文字，或記錄或傳述，如孢子般大量複製散播。在某種意義上，複製意味著「節制」與「規範」，不可規範不可節制的事物無從複製。這不是很像孔子追求的「禮」嗎？講求條理，追求秩序，在每一個社會階層框用各自的標準，不能踰越，不能廢棄。孔氏的理想世界沒有起伏蜿蜒因此不會有意外，那樣的國度洋溢著排列和對稱堆疊而成的美，不需要冒險，不需要實驗，不允許猜測，統治一切的是穩定的已知。

山是另外一個國度。就有限的經驗，我不曾見過相仿的稜線，甚至可以斷言沒有任兩條稜線是重覆的，即使同一條稜線也由於雲霧是否籠罩，清晨或黃昏，晴朗或陰雨，由東往西看從北向南望或者反之，因而顯現不一樣的風景，至於稜線的面目總是必須確實踏抵，才看得清是不容錯身的瘦稜或開闊如操場的寬稜，是光禿的岩峰還是蒼翠密布。這就是稜線，沒有秩序，無視規律，不能預測，無從通過理智的分析去理解，只能透過觀看、感受和造訪去認識，不

圈谷途中

能複製，也無法觸類旁通，允許描述，但誰也無從確切解釋稜脈的走向何以東北西南，何以主稜以外又向東岔出一大支稜，或者兩端之間分出雙稜不久後又合為一脈，那些高高低低的山頭，峰與峰之間有的形成鞍部——有的鋪著短淺的箭竹或覆著陰密的樹林，有的是大溪的源頭，即使最精細的地圖也顯示不出，一個山頭連著另一個山頭，密藏訊息，僅能憑經驗獲知。面對一件未知多於已知的事物，或許這就是人們面對不可預測的稜線時不得不發出「好美、好美」之類不見得有意義但真心讚嘆的緣故吧。

夜色淹沒南方高聳的稜線，進屋關門，鑽進睡袋，熄掉頭燈。無星無月無人相伴的夜暗沉而寧靜，黃鼠狼躡足來去，在這樣安靜的夜裡簡直就像巨人匆忙的踱步。裝備糧食已妥善收拾，絕不外露，鼠類是常見的高山小獸，與其交手惟有堅壁清野一途。阻斷食物因疏於保管而流向疲於覓食的小生靈，不完全出於與生俱來的小鼻尖腮恐慌症，反而是給予良善的護惜。最近幾百年來人類全力發揮智力與努力改變世界的面貌，其結果已足夠清楚告訴人們維持事物本有的狀態才是美好的事業，而非揮舞創造福祉的大旗不見節制地探測慾望的深度。

有時什麼也不給就是珍貴的給予。

再怎麼厭惡或莫名畏懼虎視眈眈的高山鼠，也不難想像在寒窮的高海拔地帶僅僅憑靠一身短淺皮毛的生活有多麼辛苦，但這正是天地集美麗與殘酷於一的秘密。那些在北大武山神社殘跡旁等待的酒紅朱雀、那些在雪山東峰哭坡前的森林和小奇萊山徑旁箭竹叢中守候的金翼白眉，還有大雪山那群恐怕正漸漸忘記如何自食其力的帝雉，都是因溫飽而痲痺的受害者。牠們的改變不限於豐腴的體態，令人驚訝的是眼神，牠們不再畏人。在一個平衡有序的生態系，適當的畏懼是生存的條件之一。暫且不論蓄意誘食和惡意遺置，山裡的時光毫無疑問是用來體認未經思考的善意和自以為無害的天真可以引發怎樣的災難的最

好的時光，無論基於何種心態透過何種方式給予麵包、餘骨或肉屑，餵養的那一刻也同時捻滅了一點生命的尊嚴與光采，比起原物料價格、美元匯率、股票加權指數或房市波動，這是一道難以引起興趣的課題，然而比起期貨、權證等基於計算公式而生以至於無異虛構的衍生性金融商品，討論並重視這些課題才具備真實的價值，無論在山上或普通的生活，人人都該撥出一點時間以鑽研股價線型的精神認真想一想。

察覺到自己漫無邊際胡想之時，視野開朗起來，原來早已上稜，最後一片樹林也在身後百餘公尺之遙了，彷彿註定不得見似地，竟又一次錯過僅在地圖中見過的奇烈亭岔路口——那是鹿野忠雄以後數十年間前往南湖的舊道——就連審馬陣山叉路也在專心的胡思亂想間擦身而去。鋪展於眼前的是那一大面出了名的審馬陣草原，短矮的箭竹連綿如布，趴在審馬陣山與南湖北山西南坡間廣闊的坡地，其下幽深不可見處是南湖溪北源險絕難溯的溪谷。正是冬春時節，箭竹綠黃兼半，如果委頓蕭瑟有顏色，這就是了。南湖大山主峰向西伸出兩股稜脈，一北一南，其中夾著南湖溪南源，北脈則隔著南湖溪北源與對岸審馬陣山伸向南湖北山的稜線相望，稜脈於尾端漸漸寬緩，一樣密竹鋪布。在朗朗天光下，輕易可以發現那片罕見人跡的綠毯上有光芒閃爍，遙遠而微弱，彷彿外星訊號，斷斷續續，搖搖擺擺，常常吸引來自審馬陣草原的目光。

一九八九年六月九日，世界仍緊緊盯著五天前的天安門，一件幸無重大傷亡的墜落事故很快地變成一個故事。那一天，直升機載著攝影師拍攝南湖風光，在海拔三七五〇公尺高空遭遇亂流瞬間襲擊，飛機失控，沒能按計畫在圈谷降落，而是越過鞍部朝西而去，主旋翼、尾旋翼、起落架、一隻機輪去向不明，機艙像摘了頭足的小卷，滾了幾圈，光溜溜地攤在美麗的箭竹原野，離稜尾的斷崖只幾十公尺，結構尚且完好，據說如今為群猴所據。多年後有人在機艙以東直線距離一公里處發現尾旋翼，金屬部件晶亮如故，紅白烤漆仍然鮮豔。三十年前，機齡一年的嶄新直升機為攝取南湖的風景而至；三十年來，這具義大利飛天之器的殘骸於高冷的無人之境緩慢朽壞，在南湖大山的陰影下成為南湖的風景之一。

審馬陣之後，山徑在稜線下方朝著南湖北山伸去，南湖杜鵑現身，群落稀疏，葉背如朽鐵般銹紅，枝頭掛了些花苞，彷彿吶喊春天快來，等不及開放似地。終於爬上南湖北山與南湖大山北峰連稜，山徑在此岔開，北去三、五分鐘便是南湖北山，這座百岳之中位置最北的大山是蘭陽溪、大濁水溪和大甲溪的分水嶺，三面山壁陡急而下，既險且麗。

南湖北山盤據中央山脈主脊，海拔高度稍亞於東南方的南湖大山北峰與東北峰，卻是多加屯山與審馬陣山這一線從中央山脈向西岔出的支脈的起點，成為三條大水深遠的源頭。南湖北山山巔緩平，崇闊的峰貌使它看起來魁梧而雍容，名列百岳大概就是因為處在關鍵的位置。朗闊的展望是南湖北山最動人的風景，雪霸聖稜線橫在西方天際，往南望去近有南湖、中央尖，再遠一點是兀立的奇萊主山北峰，還有奇萊東稜這一條出了名難走的中央山脈大支稜。如果踏向北方的稜線，過巴都服山、拔都諾府山將接上四季林道，繼續往北便來到加羅山下的加羅湖群。這一條南湖北稜是探勘等級的路線，不適合準備尚未充分的爬山人，我站在北山峰頂，目光越過淺竹與矮灌叢，望著起伏的稜線，心想下山後再來下功夫好好研究。

回到三岔路口，也是五岩峰的起點，南湖圈谷前最後一道關卡。走在五岩峰上不禁令人想起奇萊主峰、南峰間的卡羅樓斷崖，卡羅樓尤其險惡，幾段瘦稜細如屋脊，又多風，伏行之際懼意從腳下一波波升起，東面山坡滿布灰黑色岩片，順向分布，似乎稍一受力就滑落深不見底的山谷，岩石在日光下輝閃，映出奇詭的光芒。相較之下，五岩峰親切多了，步徑寬約一尺，一邊斷崖，一邊峭壁，這一段是前往南湖圈谷傳統路線必經之路，架設繩索後，瘦稜窄路不難走，卻被好事誇大之辭說得面目猙獰。五岩峰稜線西側急坡四布圓柏與杜鵑灌叢，東側是成片的崩塌岩屑地，而大濁水溪的北源在千尺以下的山谷奔流。

南湖北山這一頭的杜鵑多是別地不易發現的南湖杜鵑。南湖杜鵑是特有種，分布有限而集中，尤其是五岩峰稜線。五月梅雨天是高山的春末夏初，杜鵑約好似地同時發作，放肆地佔領山頭，美豔之外還有一點橫傲的氣質，「數大就是美」不足以充分描述這一群臺灣高山的五月花，即使單挑比美，紅白妖嬌，也難有敵手。愈接近南湖北峰玉山圓柏與散生的玉山杜鵑就愈多，灌叢旁較平緩處還有箭竹和小檗。這一段岩稜也是草本植物的居所，在裸露的碎屑地和岩縫間可以發現玉山金梅、玉山薄雪草、尼泊爾蘋蕭、高山翻白草、玉山佛甲草、高山白株樹、玉山水苦賈、抱莖蘋蕭、雪山馬蘭……，多披著一身隆冬的枯黃，可以想見再韌命，著根五岩峰的日子也難熬。

此地的圓柏與雪山翠池圓柏林都令人印象深刻，兩地圓柏明顯相異之處在於姿態，無論形狀姿態，都是適應氣候的結果。翠池的圓柏挺拔高直，在避風的谷地地形中長得粗壯健康，不負松杉柏一系針葉樹高大頂天之名。五岩峰的圓柏則以姿態博得讚賞的目光，枝幹虯結蟠曲，為了抵抗寒風、霜雪、雨霧，有時趴伏於地，有時旋扭轉向，這些立足在風頭上的圓柏形容各異，沒有任兩株擁有一樣的姿態。「抵抗」不是準確的用詞，比較適切的描述應該是「接受」和「適應」。身為臺灣最高海拔喬木，圓柏最先迎接射向地表的陽光和霜雪冰霰，承受最狂亂的風勢，一切來自外在環境的侵襲都無從抵抗，只有接受和適應，終年常綠俊挺優雅的圓柏於是低頭彎身扭腰，貼地匍匐，不惜把通天喬木的靈魂曲折盤旋成穩固伏地的身軀。

五岩峰每一株圓柏，即使枯白的殘枝，都是盆栽愛好者渴求而不得的珍株。自然雕鑿和人為牽成是兩回事。盆栽製造者讓草木備嚐苦毒，剝皮、剪葉、修枝、纏繞、牽拉……，讓樹木從少得可憐的泥土吸取肥料，在狹小的盆裡盤繞無處可去的根鬚，不能任意伸展，即便養得再有態，充其量也就是一種「病梅」。高山野地的樹木受到地質、地形和天候的冶煉，尤其那些立足稜線的，往往不像平地的同類筆直向天空伸展，在風霜的陶鑄下或伏或趴，並盡可能延伸根條，緊緊抓住冷澀岩骨上磽薄的土肉。五岩峰的圓柏就是典型，以虯扭的軀幹緩和並順從狂飆的風，葉叢斜剪的方向則忠實紀錄盛行的風向，樹身迎風的那一面總有剝皮或斷枝，經歷滄桑，就像鯨魚海豚身上的刮痕。這種風霜囓咬的齒痕不是造型藝術，乃是實實在在的生命和時間，遠非盆栽愛好者往樹木身上費心而得的奇形怪態可以比擬。

這一段岩稜上的路程雲霧飄忽，我和圓柏杜鵑迎著一樣的風，有時貪看腳邊危壁，很難不對開路人心生佩服。第一次走在蠻野尖銳的稜線上究竟什麼滋味？杜鵑是否正好盛開？有餘心賞看一路上藉以攀附前進的圓柏嗎？

連續過了幾個峰頭，終於站上南湖北峰前的叉路，望著熟悉的上圈谷、下

圈谷。積雪不禁令人想像冰河時期的南湖：冰河緩慢滑動，摩擦岩石，嘎嘎低鳴從深遠的冰河底部鑽上厚重冰層，冒出罕有植物蹤跡或許動物也不涉足的冰原，酷寒減緩聲波的速度，嘎響在冷瑟大氣中孤寂迴盪，還來不及碰觸空氣之外的介質以折射或反射，就在空闊的雪白大地耗盡能量。地質學家或許經由殘留的地貌模擬萬年前的南湖冰河，但沒有人能夠複製它的聲音，以至於連想像南湖冰河刮擦移動的鳴響也成了一件不可能的事情。

此刻微薄的積雪——或者冰河退去雪線升高後的綿長歲月裡每一個隆冬的積雪——是否喚醒圈谷對冰河的記憶。谷中的圓柏、小蘗還有枯瘦的高山鼠，對於冰河應該一點印象也沒有，糢糢糊糊記得厚厚冰雪和雪線低垂的大概僅有嬌柔的柳葉菜了。

海邊的帕托魯

帕托魯聽來陌生，似乎是遙遠之地，的確如此，至少兩天才到得了。相較之下，馬祖、上海、巴黎、紐約近多了。遠近是相對的，更重要的是衡量的單位，時間或空間，小時或公里，這才是帕托魯之所以比倫敦遙遠的緣故。

平常日子，馬祖、上海、巴黎、紐約是不可見的，卻可以輕輕鬆鬆在海邊看見帕托魯的身影，尖尖的，從嵐山、七腳川山這一線稜脈西方冒出頭，只要天空夠乾淨，沒有雲沒有霧，直線距離二十五、六公里外的帕托魯就像鏡子裡的自己一樣清晰。

海邊的帕托魯，又近又遠。

看起來不遠走起來很遠的帕托魯屬於奇萊東稜這一條橫斷路線，由西而東，從高到低，從東邊爬上帕托魯這種瘋狂的舉動相當罕見，耳聞僅一次。奇萊東稜是中央山脈的大支稜，雖然叫做奇萊東稜但並非從奇萊主峰岔出，而是從奇萊北峰算起，往東連延直到嵐山，陡上陡下，連峰不斷，整條大稜脈像一條蠍子，尾高頭低，標高三六〇七的奇萊北峰是高高翹起的尾部，隨著海拔低降，身軀也跟著伏降，到了蠍頭已低至三千公尺左右，兩隻鉗足在太魯閣北鞍營地附近分開，隔著帕托魯溪谷，南鉗短，只到太魯閣大山，北鉗卻蜿蜒起伏向北一直伸到立霧主山，再彎向東南經帕托魯到嵐山，稜脊兩側北有塔次基里溪，南有巴托蘭溪，峽谷深墜，既荒遠又壯美。奇萊東稜全程超過五十五公里，第一天起起伏伏累計爬升一千四百公尺，最後一天陡下近兩千公尺，還有出名的倒木和高密箭竹海。這就是通往海邊的帕托魯之路。

一早天沒亮，我們一行五人開車上山，從太魯閣進中橫，直奔合歡東峰下的奇萊登山口。清晨七點，人多得出乎意料，喧鬧聲吆喝聲此起彼落，就像熱了身的早市，有婆婆媽媽阿公阿伯還有小朋友，人人小背包，有的握著登山杖，有的空手。奇萊主峰北峰雖然是熱門路線，但天候變化劇烈，不是一般的郊遊踏青路線，就算週末也不會那麼熱鬧。正感到奇怪，一轉頭，隱約看見山徑兩旁青綠的枝葉上頂著點點嫣紅，也有成團的白，原來杜鵑吸人來。玉山杜鵑按季候開放，平時在山下揮汗忙碌的人們則趕到清冷的海拔三千公尺，看山下看不到的花，吸山下吸不到的空氣，當然也對著東方午前暗黑高聳的奇萊大山發出吁嘆，誤解的、讚美的。

我們幾個揹著大背包，一點也不輕鬆的模樣，是杜鵑花之外的另一個焦點。從登山口到奇萊稜線山屋這一段路走過好幾回，但每一次都有不一樣的感受，季節、天氣不一樣，看見的聽見的不一樣，空氣中溫溼度所引發的觸感也不一樣，熟悉的山路每走一次新奇一次，每一座山爬來也是既熟悉又陌生。這一次看花的人潮成了會動的風景，靠在花叢邊照相，令人難以容忍的是為了取景而拉枝扯葉。

走了大約五百公尺，步道開進森林裡，緩緩爬升，出了森林就是所謂的小奇萊。此地有小平台，視野開闊，一眼看去最搶眼的就是奇萊北峰巨大的身影。時間還早，太陽升起不久，離高掛中天還要一段時間，從背光面望著奇萊北峰，遠遠的就是一個黑暗暗的龐然巨物。

一隻金翼白眉飛落步道，一點也不在意兩旁十來個坐著休息的人類。它在步道上跳著，從容啄起地上的餅乾屑。有人丟了一個麵包角，掉在金翼白眉身邊，它似乎已習慣天降恩賜，絲毫沒有露出受到驚嚇的樣子，反而被寵壞似地放棄細碎的餅乾屑，轉頭叼起麵包，一跳一跳靠近路旁的箭竹，翅膀一拍站上箭竹枝。金翼白眉本來就不怎麼畏人，容易受到食物誘引，甚至到了亦步亦趨仰頭張望的地步，是高山上有名的「憨鳥」。金翼白眉體長將近一尺，是臺灣體型最大也是海拔分布最高的畫眉科鳥類，眼睛上方兩道白眉，羽翼泛金，嘴角看起來像八字鬍的兩撇白毛讓它們在優雅可愛中又顯得有點滑稽。金翼白眉吃果實和昆蟲，實際上不怎麼挑食，只要看起來可吃的都會好奇試一試，在人跡頻繁的高山如這一趟行程的出發地合歡山區，金翼白眉漸漸改吃餅乾麵包，甚至學會翻垃圾。

類似的情景也發生在酒紅朱雀身上，我在北大武山途中的大武祠見過酒紅朱雀悠哉而滿足地享受人類的「友好」，後者也被這些外表美麗但整天只想填飽肚子的小傢伙取悅了，以至於一點也不吝惜地施捨食物。他們一邊笑著一邊繼續丟出麵包餅乾。我不得不冒著被罵成「正義魔人」的風險，半開玩笑說，那隻鳥正在改變習性，現在可能感到幸福，吃得很高興，你們一走，它就挨餓了。

那樣對待山林萬物除了殘忍，實在也想不出更合適的字眼來指稱此類舉動，那也是一種「平凡的邪惡」。帶著笑鬧意味的施捨從另一個角度看來是剝奪動物的覓食本能，餅乾麵包的香氣勒索草籽和小蟲的味道，早田氏草莓、玉山懸鉤子、玉山胡頹子的氣味漸漸脫離金翼白眉的味覺記憶庫。金翼白眉、酒紅朱雀、岩鷚被人們叫成「合歡三寶」，聽起來不像「東北三寶」那樣正面珍貴，反而跟「馬路三寶」一樣諧謔。的確如此，這三種靈動的羽族已在人類世界淪為有名的垃圾鳥。我走近那見慣人類的金翼白眉，揮手驅趕，暫時不讓它接近人類，但像趕走惱人的蚊子般趕走一隻鳴聲悅耳的金色胖鳥，令人難堪又難過。

東北方的大草坡有許多水池，零零散散，有的在路旁，看起來近，其實不然。山脈在眾多看天池另一邊拔高，雲霧中奇萊北峰時隱時現，這就是奇萊山區的日常，變化迅速難測的天候。黑水塘山屋是一處位置適中的中繼站，但幾乎沒有人會在黑水塘過夜——除非「迫降」——再往前一小時就是成功山屋，環境爽淨，但關鍵在於水源，黑水塘是一個穩定的看天池，可惜水質惡劣讓人不敢領教，成功山屋緊鄰小溪，潺潺流動，清澈冰涼。

開春以來降雨不多。氣候變得愈來愈難以捉摸，大致上愈來愈極端，洊旱兩極，成功山屋旁的小溪「縮水」，必須往上爬向源頭找水，這和過去幾次在山屋旁的溪床就有水可舀的經驗不一樣。這一趟此地只是休息站，我們第一天預計在稜線山屋附近紮營，還有兩公里多路程，不遠，但必須爬升五百公尺。隊友之中有一人身體不適，在黑水塘山屋就有意撤退，我們半哄半鼓勵讓他走到成功山屋，午餐、休息，最後他仍以不連累整個隊伍為由堅持回頭，幾天後我們一致感謝他的決定。

愈接近奇萊稜線，風勢愈猛。頂著奇萊特產的飆風，站在稜線上東西眺望，藍天之下，白雲飄移，足以令兩公里重裝爬升五百公尺的疲累消散一空。陽光漸漸西斜，射向主峰西面的岩坡，向晚的金光把裸岩照得發亮，轉身望向東方，太魯閣大山在山屋後方遠處冒出頭來，接下來幾天要走的奇萊東稜有一大段橫在眼前，磐石大草原隱約可見。天氣晴朗，視野很廣闊，臺灣自然之美有很大一部分只在山上才見得到，但需要體力，更需要願意花體力。

一夜好眠。醒來趕緊收拾，煮水吃早餐，拆帳篷，心裡只想著再訪奇萊北峰，再從山頂好好向四面環望一次。接近大山不適合逞強，也不應該時時刻刻把謙遜兩字掛在嘴邊，有時就是必須冒險，謙遜不能把瘦稜崩壁變得安全，謙

卑也不保證不出錯，最好就是平常以待。

爬山是為了靠近自然，把自己丟進令人目眩神迷的稜線森林或舒朗的箭竹原，靠著雙腳驗證等高線，而非一腳陷近「百岳」的泥沼。這聽起來真高調，無論高調與否，一旦上了山，爬山的意義之類的念頭根本沒機會進入腦袋，山的形體和氣息自然而然吸引視覺、觸覺乃至各種感官，不斷觸發形形色色的感覺，光感受就來不及了，根本無暇分析。譬如，整裝完畢前往北峰的路上，湛藍的天空下懸著一朵朵碟狀白雲，有的拖著長長的尾羽，有的如蕈，漂浮於主峰到北峰之上；陽光照亮稜線以東的箭竹坡，翠綠的枝葉染上一層金光，步道嵌進那一片閃耀的光之原，遠方的主峰在薄雲間隱現；衣著鮮豔的人影在令人愉悅的風景裡中行走，看起來像移動的色塊，一種自然天地間無害的裝飾，就像山羊、水鹿，時間到了就離開。

爬山經常是一種感官的經驗，一種不需要太多知識甚至不需要知識的活動，應該說行走時忘掉知識，全心全力去感受箭竹拂過手臂的觸感，稜線上刺骨的寒風、攀爬時用以借力的粗礪的岩石、走在瘦稜懸崖上的恐懼、黑森林的森冷、步道旁鮮豔的花朵⋯⋯。

在晴朗的天空下爬山就算累也是累得痛快，張眼看見的都是獨特而不可複製的美，天氣很好，單是奇萊北峰前的小山頭就很可觀。途中的展望也令人難忘，群山環繞，有一種飄浮雲端的感覺。北峰頂上的展望果然不負一等三角點之名，南方一大片草坡盡頭拔高的是奇萊主峰，連著卡羅樓山的中央山脈主稜綿延南去。東方的山稜是接下來幾天的路線，遠遠望去可以看到太魯閣大山、立霧主山和帕托魯。太魯閣山列真是一片遼闊的山野。

奇萊北峰的西、北、南都是斷崖，惟有東面是一片緩降的箭竹坡，盡頭的月形池是一方水量不穩定的看天池。當我們翻過稜線，看見乾枯的月形池，一點也不意外，幾個月以來雨水比起往年明顯減少，月形池露出枯白的池底，在大片箭竹的翠綠中也像明珠。如果有機會在月形池畔住上幾天，應該會是非常愜意的假期，前提是水源無虞。據說此地山羊出沒頻繁，比起水鹿，山羊極其羞怯，見人就跑，在野外不太有機會近距離觀察。

揹起背包繼續走，往東北方鑽進箭竹林，腰繞一顆高突的山頭，陡下到鞍部又爬上一處看似營地的展望處。接近中午，雲團開始湧動，雪白的雲濃密的像奶油，稀疏的像蓬鬆的棉花，看起來有一種鬆弛的美感，實際上雲系的推移變化是暴力的，明亮的陽光就是被這樣表面上令人安心的暴力捉弄著，時有時無，或許不至於太糟，但可以確定的是天氣正悄悄變化。

走出森林，進入磐石山區。從此地開始，放眼所見的箭竹都只高出腳踝一、兩寸，彷彿精心修剪似地，經磐石西峰到磐石中峰，除了森林，無論地勢如何起伏，大抵就是一片寬闊的箭竹草原，步道多半在稜線上，或接近稜線的高處，那種疏朗令人感到痛快，雙腳不自覺愈踩愈快，心裡卻打算在如此空闊之地躺下來仰望午後有雲的藍天。途經幾個水池，幾乎每一個池邊都有水鹿亂蹄跡印，步道東南方山坡躺著一個大水池，像一方明鏡鑲進山坳，那裡一定也有水鹿廝混的痕跡。奇萊東稜的人跡沒那麼頻繁，人為干擾比其他山區少，野生動物過得比較自在，因此磐石一帶是能高安東軍、嘉明湖、丹大山區之外另一個水鹿聚集之地。

我們在磐石中峰營地過夜，附近有兩、三個水池，這片營地位於整片磐石草原東緣，一旁就是森林，人們選擇在此紮營，水鹿更不會放棄這片對它們來講舒適得不得了的棲地，森林為家，出了家門有水有草。太陽下山前我們已搭起營帳，換上乾衣，煮水喝水泡茶喝茶。一頭母鹿從營地上方的箭竹坡冒出來，距離不遠，盯著我們，我們也盯著它。接著第二隻、第三、第四……一隻一隻都走出森林現身了。水鹿嗅覺敏銳，警覺性高，白天在森林隱蔽處休息，晨昏時分覓食喝水，是標準的夜行性草食動物。它們一定是聞到新鮮的人類尿

液才往營地附近聚集，奇怪的是這一群全是母鹿，爭搶啃嚙沾了尿液的箭竹葉的狠勁一點也不亞於公鹿，大欺小強凌弱，有時跺腳警告，蹄子咚一聲蹬地，有時抬腿一踢，砰地一擊落在另一隻水鹿背上，或者兩相對峙，抬腿人立，互相出拳，非常貼切地體現了赤裸裸的生存法則。

水鹿似乎和人類一樣也有地域性差異，不是外型，而是性格。大抵說來，水鹿在臺灣最擁擠的山區之一嘉明湖附近大概見人見多了，竟顯得有些世故，對來來往往的人群視若無物，有的雄鹿仗著壯碩的身軀一點也不怕湊近合照的「遊客」，或許它們也明白自己的明星身分，以至於把該有的戒心拋至一旁。能高安東軍一線是中央山脈高山湖泊最密集的山稜，從白石池、萬里池到屯鹿池，鹿影幢幢，一樣不甚畏人，甚至有些粗魯，其中之最要數屯鹿池的鹿群，一發現有人解尿立刻鎖定目標成群聚攏，聲勢驚人，讓人尿意全消。丹大山區不好進出，人煙稀少，對於陌生的人類水鹿仍保有謹慎怕生的天性，膽小羞怯，見人就跑，躲得老遠。至於磐石山區的水鹿，雖然對人類懷有高度戒心，卻似乎顯得呆傻，只顧著啃草葉舔鹹尿，忘了一旁的人類為了看清楚它們的樣子而一步一步接近，有的警醒些，歪頭斜眼盯著四周的動靜，卻對我們逐漸接近的腳步無所應對，直到意識到情況有異才突然抬頭觀望。

奇萊東稜第二夜，滿天星星，近二十頭水鹿出沒在營地四周，蹄腳踩地、翻唇噴氣，作聲不斷。一早醒來，晨光熹微之際，前夜的騷動都不見了，一頭水鹿從遠處的林緣回頭望向營地，四隻腿直挺挺，體驅看起來非常結實，頸項以一種優美而難以描述的弧度彎向我們。不久，星光隱沒於漸亮的陽光，最後一隻水鹿也遁入森林的幽蔭了。

沿著林緣出發繼續往東，草坡毛茸茸地像地毯，太陽還沒升高，走動的影子投在山坡上，前後伴有樹影二三。不論是什麼，只要遮蔽光線的都被壓成沒有厚度的黑影，晨間或近晚時分，總有斜射的陽光玩起善變的影戲。這是另一種貼近大地的方式，雖然有點虛幻，瞬間消失，但也提醒我們在山樹面前，無論形體還是壽命，都很渺小，跟影子一樣。雲層在東方海面上團團排列，背光的山脈只有形狀沒有顏色，山形的剪影冷靜又精準地呈現了島嶼脊骨的輪廓。

清晨七點，我們站上磐石山三角點，看見太魯閣大山高高矗立在東南方，還要走上整整一天，那是隔日清晨的目標。離開磐石山，進入森林箭竹區，開始不見天日的行程，其中還夾著以險惡聞名的鐵線斷崖。下攀之前，心裡想著鐵線斷崖似乎不如傳說中那麼惡名昭彰，揹負重裝下斷崖雖然不容易，但只要不貪快踏穩踩點，安全下降應不是問題。想和做之間是兩件事，實際一走才深深感受到比預期的更難，壁面是垂直的，踩點是鐵條，完全依靠繩索和鐵條並不保證安全，只能小心一步步試探。

一路上有不少營地，都是只容得下一、兩頂帳篷的小營地，每一處都缺水，不適合落腳，但歷經箭竹、倒木、亂石煎熬的手腳卻不由自主地每遇到一片營地就坐下來，途中遇見稍有展望處多半都能看見太魯閣大山，看起來很近，卻得繞過好一段稜脈才會抵達山腳的三叉營地，東北方的立霧主山和一旁的佐久間山也清晰可見，那是兩天後的目標。午後的對流雲在北一段南湖中央尖上方蠢動，奇妙地令中央山脈看起來更加雄偉。

有人在石頭上寫著「加油，快到了，這是最後下坡了」，連下了好幾道坡，忽然發現樹幹上又寫「辛苦了，真的不騙你，前方就是營地」，這大概是一種新穎又具鼓勵性質的惡作劇。無論如何，腳步不能停，開始起霧了，這是太魯閣大山山區午後常態，濃霧遮蔽斷崖，而遠方的白雲和烏雲一左一右同時現身，似乎是不好的徵兆。

鑽出蔽天的箭竹林，終於抵達三叉營地。我們幸運趕在午後雷陣雨發作前紮營搭帳，煮起花了一個小時下至深谷取回的清水，就著滴滴鼕鼕如擂鼓的雨聲，泡茶聊天，補充嚴重消耗的水分，回味從磐石山以來的數不清的連峰起

伏，路途可能不是最遙遠，但非常磨人，如此磨人的行程並不常見，那些寫在石頭樹幹上的鼓勵很可能就是飽經折磨後的自謔自嘲之辭。

那一陣雨不像午後陣雨，持續了三、四個小時，直到天黑仍不停。夜裡，嘩啦啦的暴雨變成安靜細碎的星光，薄霧微籠，隨著很輕很輕的風飄動。累了一天卻毫無睡意，在帳篷外不知坐了多久，突然發現霧散了，營地四周都是箭竹，毫無視野，惟一的風景只有仰頭。星光閃閃，遙遠的光線穿越時間和黑暗抵達荒僻遠山的一片小營地，那些頑固而溫柔的光芒預告隔日一定好天氣。

日出前天色已經相當明亮了，營地四周的箭竹林在南側開了一個小口，通往太魯閣大山。一鑽進小口，彷彿遭到吞沒，箭竹比人高，就像走在隧道裡，昏暗清涼，天光愈來愈亮但透不進密織的枝葉。奇萊東稜的箭竹果然不好惹，一開始就迷路，來來回回走了幾次才走上正途。箭竹迷宮之後，冷杉林迎面而來，開始上升，山徑也好走多了。立霧主山的尖山頭偶而出現在樹林的縫隙，還有前一天離開磐石山區後上上下下的山稜，看起來沒幾座山頭，實際走來才知甘苦。

上了稜線，視野開闊，晨曦把東方遠處的太平洋照得金亮，雲團如奶油般以圓球狀一朵一朵堆積成片，帕托魯西坡逆光，暗黑的輪廓像一個孤單佇立的巨人，與從花蓮海邊遠望的發光且如尖塔般的帕托魯完全不一樣。再往上，海拔更高，看得更遠更廣，北方的立霧主山顯出完整的身形，圓錐狀的山峰顯眼地突出於周圍群山之上，蔥籠的山色據說包覆著大理石的質地。望向西方，連接磐石連峰的箭竹草原在稜線上綿延，視野的盡頭，毫無疑問，當然是東稜的起點，奇萊北峰。這是一趟遙遠的路途，山下的多數人或者無意或者體力負荷不起，盡其一生將不涉足此地，這麼一想，忽然覺得揹得那麼苦走得那麼累竟是一種無上的福氣。

爬上太魯閣大山最後一小段稜線，及膝的箭竹在腳邊摩娑，還要經過兩個山頭，三角點在南伸的稜線尾巴。能高一線在西南方，晴朗無雲的藍綠色山脈，直線距離不遠，走起來得花好幾天。清晨六點三十分，山下的人間還在半睡半醒之間搖擺，我已站上太魯閣大山山頂。爬山的樂趣絕大部分不在攻頂，而是途中的遭遇，另外則在於山頂的展望。我驚喜地看著東方，遠處的海岸山脈如城牆般立在縱谷之側，在如此晴好的天空下，更遠的太平洋想必正輕輕波動，海浪捲上礫灘隨後退回的潮音，我熟悉那片海的韻律，但此刻看不見也聽不見。南南東方向，從中央山脈向東岔出的鯉魚山，彷彿一座獨立的城堡圍著鯉魚潭，我經常在與此時相仿的晨光中從鯉魚山頂仰望此刻站立的太魯閣大山，真是一種奇妙的感覺，就像與山下的自己相對而望，類似的時刻，類似的光線，相對的方向，此刻如果我不在東稜線上，極可能在鯉魚山頂，雙眼貼近望遠鏡，把太魯閣大山拉近來看。這是奇異的一刻，過去某個時刻的我與此刻的我彼此凝望，仰望，俯視。

揹上重裝往下一個營地廣寒宮，半路上看著幾個小時前走過的太魯閣大山，一時之間不敢相信不久前才從那個平常一定嫌遠的地方一步一步離開，而且已相距好一段路。斷崖、箭竹、倒木繼續迎來，一段陡下後平安池乍現，平靜的池面像一面鏡子蹲在山坳裡。

大約在太魯閣大山與立霧主山連稜中點，深藏著隱密的平安池，那一塘無波無浪的黑水為林樹環抱，彷彿森林特地保護的秘密，沒有水深紀錄，似乎尚未有人測量這個秘密的深度。箭竹密布在水池四周，再往外則是矗立的鐵杉，森林的有機質如枯枝落葉等有的直接落進有的被雨水沖進池子，想必池底堆積了一層厚厚的腐植質，日月迭替，把一池水染得如銹般黑褐。平安池裡倒木橫陳，突出水面的枝條映在水面，畫成一幅難以描述的風景，而人跡如此罕至，以至於或許不曾有人目睹那些粗大的樹幹如何摔進水池，彷彿年邁——或者被風雨擊敗——的巨人，乓一聲，水花騰天，驚動蟲鳥和野獸。一次次華麗的崩壞令樹木趴伏浸泡在水中，巨大的軀體與寒涼的環境使得腐朽需要花上另一段很長的時間，於是樹木「自己的」顏色已溶失，一逕枯白。

平安池沒有活水注入也沒有出口，雨水以及任何可能的逕流就是所有的水源，森林的蔭蔽讓池子終年不竭，儘管像一面褐色玻璃，舀起來卻也不像裸露透空的看天池般既像咖啡又像過濃的冬瓜茶，倒是有水鹿廝混的騷味。在缺水的奇萊東稜，平安池是一方難得的救命水，接近透明微有濁色的池水夾著淡淡草味，那大概就是「平安」的氣味。

從平安池陡升，繼續走上稜線，箭竹林不斷，不久突有一段陡降約一百公尺的險徑，帕托魯的身影在此更清楚了，但仍得遷就起伏蜿蜒的稜線，其實並不近。岩石的肌理漸漸顯示大理石質地，極為古老的變質岩，不知多久以前因地殼劇烈的運動而抬升到海拔三千公尺的高處，腳下踩著大理石下感覺就是不一樣，明知冰冷，卻是千萬年以來高壓高溫的手筆。貼著一座無名大理石岩峰橫渡而過，接著直往上爬，猛一抬頭，一條體型大得超乎常理的眼鏡蛇竟然扼守在峰頂，原來是一截圓柏白木，極其相仿的神態，扁而高抬的三角形頭部。

大理石是立霧主山下廣寒宮之名的緣由，此地無宮無廟，而是一片大營地，地基是一整塊巨大冰冷的大理石，地面鋪著一層細沙，不知風化所致還是他處飄來，無論何故，都令人感到不可思議。廣寒宮之夜，風吹霧飄，時序剛剛入夏，大理石營地不如傳說中那麼冷，這似乎又是爬山乃「自私」之事的佐證，如同世上其他事物，惟有目睹親履才有活生生的感受。

隔日一早爬上高處，放眼大山綿亙，峰谷交錯，無可挑剔的視野，無可挑剔的風景，目光如電影鏡頭從東南方較近的帕托魯搖向西南稍遠的太魯閣大山，走過的路和即將踏上的旅程一樣漫長。

無論路途長短，走就對了，背包上肩，爬上大理石山頂，不久上抵立霧主山，山頂四周樹木圍立，幾乎沒有視野，但天色湛藍，帕托魯的展望倒是值得期待。下立霧主山之路有絕壁也有一段沒有護繩的瘦稜，山形獨立突出的佐久間山隔著山谷，露出一面光禿禿的岩壁，冷冷看著我們。在似乎無止盡的樹林和箭竹林裡穿行，偶爾從樹縫間望見群山的形影，在一處下坡處總算瞥見帕托魯的英姿，感覺還有很長一段路，而且是一段箭竹比人高的路途。路徑為密不見土的箭竹淹沒，前夜露重，穿行其間雨衣完全無效，很快便一身淋漓，箭竹海下又不見天日，在入夏的晴朗天空下走著走著竟隱隱發冷。奇萊東稜著名的「極品箭竹海」指的大概就是這一片如流沙般難以脫身的箭竹林，難以想像雨天游進箭竹海的慘狀，速度快不了，身體熱不起來，失溫風險大增。

臺灣高山大片箭竹林的形成通常是在山林野火燒盡漫天巨木後趁虛而起，眼前這一片箭竹海卻賴伐木之賜，巨木砍伐殆盡後箭竹蔓生，樹木在哪裡被放倒，箭竹就長到哪裡。太魯閣大山一帶曾經是臺灣東部繼林田山、木瓜山而起的重要林場，幾十年前困頓的年代，難以計數的巨木從深山經索道、林道送下山。林野清空，茂密的森林變成巨大的樹頭，箭竹趁勢而起，長成登山人的夢魘。

我們與箭竹苦鬥，鑽行下降到最低鞍後開始爬升，偶有透空處才得以探望立霧主山跟太魯閣大山，雲海翻騰極為壯美，一株枯巨木矗立在遠處的稜線上，樹幹纏繞鋼索牢牢固定，遠望似是美麗的風景，其實是殘酷歷史的痕跡。很難想像六、七十年前一棵棵巨木遭砍倒的景象，巨木傾倒那一刻主幹撕裂的咿軋聲在箭竹林裡迴盪，從一九四五年日本戰敗前幾個月開始，直到一九八〇年代中期，人們在太魯閣大山山區伐木四十年，將帕托魯西腹與南腹的原始林清蕩一空，箭竹才得以放肆生長，以驚人的密度拓展領地。

惱人的箭竹海之後，岩壁現身，路就好走多了。我們大約在中午爬上帕托魯，不久前翻騰的雲團不知消逝何方，天氣晴朗，陽光炙熱。百岳之中，帕托魯離太平洋最近，我們在這座「次極東百岳」看見花蓮市，在極目眺望下認出平常在太平洋濱仰望的所在。趁著風勢輕微，站上三等三角點基石邊金字塔形大理石岩塊，遙望東南方的奇萊平野所展示的人間日常、花蓮港的船隻、縱谷平原的綠野平疇，如此一個罕見的無雲的初夏午時，地平線之上三千公尺，不可能忘記的風景。

轉身望向西方，我們從一隻巨大山蠍高翹的尾部，沿著它漸向東方低垂的背脊，終於曲折艱辛地走到鉗足的尖端，從奇萊北峰、磐石山、太魯閣大山、立霧主山到想望的帕托魯，我們不但爬進自然的懷抱，也走進一片被斲傷的山野，走進一段貪婪的歷史，山風吹過殘餘且腐朽中的樹頭，令人彷彿聽見久遠以前斧鋸橫掃山林的咆哮，山徑上遺留的索道木多已死亡，致死的凶器是纏身的鋼索。枯木靜悄悄地挺立，似乎不甘心就此倒下，在幽靜壯闊的箭竹海中傲立突出。

離開帕托魯，回到三叉路口，旅程進入最後一段，研海林道，這是如今離開奇萊東稜主要的路徑。從帕托魯山區下降到研海林道，海拔漸漸低降，途中所見仍舊是狠狠砍伐的痕跡。這一段路標高在兩千七百公尺至兩千三百公尺之間，潮濕多霧，砍伐後的跡地插滿瘤足蕨這種山地霧林帶的指標性植物，爭先恐後從斷枝殘幹中冒出，繁茂得令人不敢置信。受到嚴重干擾後的森林，地被植物的種類隨著海拔生出不同的相貌，不久前才離開的帕托魯山區，比霧林帶高一點，是高密的箭竹林，研海林道海拔低一些，則是高山芒與巒大蕨的天下。

行走在巨木墳場，忽見步道旁一株筆直粗大的扁柏，樹圍得幾個人才能環抱，樹幹挺直，以逆時針方向斜斜擰轉抽拔向天。這麼一棵漂亮的大樹如何逃過猙獰貪婪的斧鋸？細看才發現樹身有一道深深的裂痕，就像身有殘疾的壯碩男子，免於徵召上陣。

順一小支稜直下，最後在稜尾往東下切，接上研海林道，一踏上林道就看見十二K工寮，完全傾塌，屋頂趴在地基上。根據他人不久前的紀錄，十二K

工寮一半懸空，掩沒在芒草叢中，梁柱四壁仍勉強立著，如今這座規模龐大容得下幾十人的林業據點，隨著臺灣伐木的黃金時代去而不返，與殘餘的樹頭一起腐爛。

花蓮山高谷深，立霧溪流域所在的太魯閣山區尤其險峻，由於地形特別險峻，無論林田山、木瓜山或者嵐山、太魯閣，利用索道送出深山巨木不但是最便捷也是最具經濟效益的運輸方式，至於索道與索道之間的聯繫，多數林場採取鐵道，惟有太魯閣山區開闢林道，立霧溪南、北岸分別蜿蜒著研海林道與砂卡礑林道，都未與公路銜接，說是「天空林道」並不為過。研海林道是為了帕托魯及立霧主山一帶的林木而開，一九五〇年代獲得美援資助，伐木工具與運輸工具得以換裝，加快放倒太魯閣山區珍貴林木的速度。研海林道有上下兩線，以索道連結，上線十四公里，深入立霧主山、帕托魯山區；下線不及四公里，始於江口山麓，沿著江口山北稜東側至一一八五峰鞍部，以索道銜接中橫公路合流附近的岳王亭，也就是此行出口。

我們在九Ｋ工寮度過奇萊東稜最後一夜。九Ｋ工寮建在林道下方，規模不及十二Ｋ工寮，設施多有損毀，但結構大致完整，還有爐火堆，有六間房，勉強度過一晚還可接受，是研海林道途中一處重要的據點，只是在可預見的未來，九Ｋ工寮的下場必然也像十二Ｋ工寮，不得不趴伏在地。屋牆上滿是留言和簽名，從年份可知從前登山流行留言，真是一種奇怪的風氣。

夜裡下雨，雨勢不小，滴滴答答打響屋頂，漏水是免不了的，對一棟年久失修的工寮還能怎麼苛求？暗黑無光的深山雨夜，什麼也看不見，一閉眼，不在眼前的風景卻一一出現，數不清的檜木樹頭，充當索道木的枯樹，一棵頑強的大扁柏，身上纏繞鋼索，猶如五花大綁的囚犯，五十年，或許六十年甚至更久，粗暴的束縛阻止不了樹木繼續緣著活著的本能，那是一幅奇異的畫面，看起來掙扎頑強，卻也透露一種無視命運的冷漠。樹木的痛楚在雨夜穿透時光在黑暗的工寮幽幽迴盪，那一晚在人造的屋宇下不比露宿安穩，雨聲淅瀝瀝，我似乎聽見那些取自深山紅檜扁柏的梁柱和屋牆發出奇異的抱怨，或抗議。

一早，山間的陰涼透進工寮。雨停了，但四周濕漉漉，草葉樹葉上濕濕潤潤，許多還掛著略小的水珠。林道的規模仍然可見，不過有的路段已為芒草掩蓋，樹木從路中冒出，當然也有倒木和坍方，大自然採取各種手法回收領地。看著青翠的綠色林道，遙想幾十年前卡車來去繁忙，人們肆意砍伐，以毫無節制的掠奪搭建人間的繁華。邊走邊想，突然看見一堆焦黑色環狀物，都是廢棄輪胎，滿布整面邊坡。續行不久，林道旁一處空地看起來不太尋常，木頭如無人收拾的亂屍散疊一地，滿覆綠苔，或許是來不及運送的木材，輕率地遭到遺忘棄置。

上線林道前段崩塌無法通行，途中只好高繞，這一段高繞使得奇萊東稜最後一天的行程必須陡下兩千公尺，才回得到熟悉的凡世。林道六K是重要的上切點，從此轉新路上稜，一路爬升，直到江口山下斷稜處，一棵枯木在蔚藍天空下插天直立，遠方是立霧溪對岸的三角錐山與清水大山，如此山色令人入迷。此後一路急降，是奇萊東稜最後的挑戰，循著看起來一點也不像步道的路徑沿斷稜而下，經過驚險的石坡，腰繞裸露的碎石路段，偶爾遭遇濃密的芒草，而後抵達研海林道下線終點，一旁的索道頭幾乎為草湮滅，連接研海林道的任務早已終止，伐木事業痕跡仍在。

經過一面大規模的亂石坡，林道好走多了，對面山壁上隱隱可見絲線般的錐麓古道，漸漸的橫貫公路也現身。一處獵寮設在林道上，我們跨過散落的鍋盆，不打擾也不評論，原住民的採集遠遠不及國家機器有效率的剝奪。研海林道下線起點處的一號索道頭仍然屹立，粗大的鳥居狀木結構看起來就像分隔生死的過門，在這裡可以看見八百公尺下方索道著點所在的合流露營區。可以想像從前車來車往，成千上萬巨木被送進人間換取金錢，如今公路上依舊車來車往，但或許僅有少數人知悉那些通過訣別之門的大樹的故事。

艱辛的旅程即將結束，即將回到在鯉魚山頂仰望太魯閣大山在海邊遠眺帕托魯的平常日子，可能偶爾會想起磐石大草原和草原上害羞的水鹿，至於惱人的箭竹和茂密的蕨類，那是忘不掉的，還有那些纏著鋼索的巨木，但願它們身上堅固的束縛及早解除。

干卓萬

夏冰

盛夏八月，西北太平洋像一個孕育騷動的搖籃，颱風接連生成，一個接一個。今（二〇一八）年夏天的颱風似乎偏愛緯度稍高之地，日本風災頻傳。我們的島嶼平靜多了，高溫酷暑中夾雜午後陣雨，至多受到颱風周圍環流影響，直接來襲的只有一個。

我們在颱風生成的間隙前往干卓萬，親眼看見這片巒遠不亞於丹大東郡的山區，洋溢著一種荒疏曠邈之美，很難親近，以三叉峰營地為中心的Ｙ字形折返行程尤其令人感到雙倍的疲憊。

狹義的中央山脈指宜蘭烏岩角至屏東鵝鑾鼻這一條蜿蜒三百四十公里的高大山脈，一九七一年「中央山脈南北大縱走」，南北兩隊分由臺灣兩端相向而行，又以補給點分為小段，依行進順序北段由北而南分成北一、北二、北三，南段自南至北分成南南、南一、南二、南三，大隊人馬最後會師於七彩湖。從北三段的安東軍山往南遠眺，或從玉山山系的郡大山向北望去，就在安東軍山與六順山間的中央山脈三千公尺以下陷落區，有一條東西向稜脈橫在中央山脈西側，由東至西漸高，終於海拔超過三千。這條稜脈從七彩湖北方不遠處的草山岔出，無論由南而北或自北至南看去都極其搶眼，這是干卓萬山塊。

比起丹大山區，干卓萬在地理上更接近臺灣島的中心地帶，西有濁水溪主流，北有萬大溪，南有卡社溪，三面環流，這使得干卓萬看起來獨立成塊，幾乎是一個獨立的山脈系統，尤其卡社溪和萬大南溪向源侵蝕，彷彿拚命切斷干卓萬與中央山脈的牽連。干卓萬山塊西端是低陷的埔里盆地，像脫臼的下巴一樣令人感到錯愕，險惡的地形令處於臺灣蠻荒地帶的干卓萬不易親近。

不過，幾十年前的伐木黃金時代，貪婪和現代機具聯手，沒有什麼地方進不去，干卓萬山區不可能倖免於難。萬大林道和武界林道深入干卓萬山腹，登山人紛紛循著便捷的林道找出攀登干卓萬的入口，傳說中的萬大林道八林班登山口和武界林道六林班登山口就這樣誕生了。隨著林業政策轉向，林道廢棄，不再維修，颱風年年來襲，還有不可預測的地震，林道日漸崩壞，蔓草林樹佔據路面，如今從萬大林道進入干卓萬，大約只能行車九公里，之後就是漫長的中級山路途。

林道行車終點前方是一面持續坍塌的崩壁，天氣晴朗，蔚藍耀空，我們謹慎渡過崩壁，走上漫長林道。路旁密密麻麻夾纏著各色管線，管徑或粗或細，都用來引水，一路上跟著水管前進，不用布條也不用指示牌，一點也不必擔心迷路。用水人想來是林道沿線人家，經常巡視管線，山路因此維持暢通，甚至還有明顯的機車輪印。林務局的鐵皮工寮仍然完好，鐵捲門拉到底，但門鎖已挖空，一拉開屋裡空空蕩蕩，如果第一天摸黑在此投宿，似乎是不錯的選擇。屋旁有一面大鐵框，像個拉直兩隻腳的「只」字，孤零零立在茅草叢中，鐵框裡本來鑲有告示，內容不外林區位置、名稱，或「星星之火足以燎原」之類的防火標語，如今森林不再那麼輕易而直接地變作金錢，醒目直率的標語彷彿因

記號
面積
樹種
栽植年月 62年2月
海拔 2000公尺
防止林火

此沒有非存在不可的急迫與必要。

從行車終點到工寮大約一公里，塑膠水管徑一吋，長四公尺，一公里相當於兩百五十支，管線沿著林道深入山區，難以想像人們為了引水所投注的人力物力。

山徑盤繞一山又一山，時而寬闊，兩旁林木蓊鬱，時而崩壞，高大芒草阻道。愈深入山區，林道愈破爛，能夠輕鬆走的路段愈來愈少，咬人貓愈來愈多，只能小心翼翼避開那令人痲刺難耐的植物性殺手。在少數路基仍然完整的路段，不難發現兩旁樹木密密痲痲，排列有序，像一座宏大的矩陣，又如軍隊般森嚴，一點也不自然。這些造林樹木多半瘦高，有的是扁柏，有的是紅檜，還有樹木中惟一以「臺灣」為屬名的臺灣杉，它們都是原生種，一九七〇年代種植，符合砍什麼種什麼的造林原則，比起更早之前沿襲日本以外來的柳杉為造林樹種可以說是一大變革，可惜未能積極照顧，例如適當疏伐，好讓強健的樹木開枝展葉。

直到千卓萬山登山口前，我們都走在林道上，海拔約在一千六百至兩千一百五十公尺間，正好處於臺灣山區最潮濕的霧林帶。霧氣虛無縹緲，若有似無，但森林的樹冠層卻有辦法攔截大量霧水，學者將這些瀰漫在森林裡的渺茫水氣稱為水平降水，樹木靠著細密的枝葉和身上厚厚的苔蘚與附生植物成功攔截，數量可觀，往往聚成水珠滴落，有時無雨的午後走在林下也一身濕。如同降雨，那些因霧氣撲上細枝細葉而後匯聚的霧雨，在中海拔霧林帶是重要的水源。

天光從枝葉間篩落，即使人造林，也不減針葉大喬木才有的體態之美，通直的主幹，橫出的支幹與葉簇，可惜彼此靠得太近，大樹和人不一樣，不需要依偎取暖，它們需要的是足夠的疏遠。

我們在午前若有似無的薄霧中前進。臺灣的林道常見之字形緩爬，年久失修，或崩或塌，只得爬上邊坡略過轉折接上林道續行，萬大林道上類似的捷徑有好幾段。林道愈來愈窄，高大的芒草葉片老韌會割人，藤蔓發刺勾勾纏，咬人貓夾道環伺，草木成群結隊守在小徑兩側，有些路段少有人跡，植物毫不客氣地發出枝葉覆蓋路跡。

山徑在一處平台邊脫離林道，寬約一尺半，林下開始出現箭竹，倒木四散阻礙行進，有的打橫當道，有的斜躺或與路徑平行，有的任意交疊，濕滑是此地倒木的特色，此外一路上遇到的巨大倒木幾乎都必須跨過而非鑽過，爬上濕滑的木幹不但危險，也相當艱難，不得不花時間斟酌踩點試著蹬踏，確定穩妥了才施力。抵達第一夜的據點十粒溪營地前，倒木接二連三，是這一段路途最磨人的考驗。

根據氣象預報與最近的觀測，接下來幾天免不了午後雷陣雨。爬山爬久了，只要不是致災性暴雨或冰雪阻道，通常不撤退。臺灣本來就是多雨之島，隨時可能下雨，「寧可烈日灼身，也不要風吹雨淋」，這是爬山人衷心的期待，即使如此，也必須準備隨時面對雨水，於是雨衣雨褲總在背包裡輕易取得之處待命，至於雨勢輕重，那不是首要考量，我們更在意下雨或不下雨，只要雨衣上身，大雨小雨，一樣令人難受，最後都是一身濕。為了避免淋雨，加快腳程是一種方法，可惜不是可靠的選項，雙腳不是油門，人力有限，無法說快就快。這就是這一趟干卓萬之行每天一早摸黑上路的緣故，把行程往前挪動，趕在陣雨來襲前安頓下來。

在箭竹林中穿行，與多得出奇的倒木搏鬥，還要注意腳下隨時出現的泥濘小坑，如此上上下下曲曲折折，終於在過午不久翻過十粒溪北側稜線，進入十粒溪上源集水區，隨著愈來愈接近溪谷，溪水輕跳的聲響鑽透箭竹和樹林，愈來愈清晰，似乎提前趕來迎接我們。十粒溪是萬大溪上源的一條靈麗小溪，纖細的溪谷從茂密的樹林下悠悠伸向東北方。跳石越溪而過，翻身爬上南岸的小平台，這片樹林蔭蔽著的平台水源充足又避風，是一處黏人的營地。

一到營地，大家都放鬆，背包丟一旁煮起水。爐火呼呼作響，遠方高空呼應似地傳來沉悶的雷鳴，天色漸漸暗下，營地在林下更顯得陰黑。暴雨將至。營帳趕在降雨前打點完成，雨勢不小，還伴隨著由遠而近的雷鳴與閃電，低窪處開始積水，西側山坡的雨水匯集後沖過營地，嘩啦啦注入一旁的溪谷，帶走不少暑氣，燠熱的林間午後漸漸變得涼爽。我讓帳篷的前庭留出一條縫，雨水不至於噴濺入內，趴著望出門縫，視線伏貼野地，意外地看見豆大雨滴摔地，在漫流的水面打出細碎的水花。

在有限的爬山經歷中，十粒溪雨中的午後是一段難忘的時光，最不像爬山，既不是鑽行箭竹，也不是林下山徑宜人的健行，不是氣喘吁吁的拉繩攀爬，更不是驚險的斷崖橫渡，沒有壯觀的山景，也沒有繽紛的花色。我在帳篷裡凝視因從天而降的雨珠撞擊那些地表來不及吸附的逕流而激起細碎的水花，暴雨籠罩山林，雨聲淹沒所有聲音，甚至遠方的雷聲也顯得氣弱，天地間只剩下一種聲響，萬物似乎都應該躲在合適的藏身處，宛如隱藏在體內的暫停鍵被人發現並按了下去，只能安分等待。在濕意瀰漫的帳篷裡，我真心覺得這是一件非常愜意的事情。

這場暴力洋溢的雷雨前後堅持了兩個小時，如同旋緊水龍頭般突然停止，樹冠滴落的殘水愈來愈稀疏，營地四周的積水去得也急，一杯咖啡之後也就消散了。我起身出帳，看看陌生的營地，走下比來時更豐滿的溪邊取水。天色清亮了一陣子，又緩緩暗下，這一次不是烏雲蔽日，傍晚時刻到了，隊友各自燒煮，打點晚餐。大雨清洗過的森林有一股奇異的氣味，月亮在枝葉之上時隱時現，一夥人圍成一圈，取出地圖和行程計畫，為了因應午後陣雨和斷崖地形，一致決定提早出發，盡可能趕在下雨前抵達營地，大家都同意雨中通過斷崖不是明智之舉。

山中會議結束，閒聊也散了。返回帳棚，鑽進睡袋，熄滅頭燈，輕盈的流水聽來如一首極簡主義的曲子，不斷重覆、難以捉摸卻又幾乎沒有變化的旋律。這些特質看似矛盾，不斷重覆又怎會難以捉摸？事實上確實如此，溪水的流動聽不出變化卻又變化多端，諸如此類近乎無聊單調的重覆的聲音，有時反倒像一種有聲的安靜。爬山似乎也是如此，一種極簡的活動，步行、步行、攀爬、步行……上坡、下坡……，需要充分的情報，但沒有對手，也就不需要攻守策略。

十粒溪是個好營地，如果不在意靠溪環境潮濕，密林下陽光難入。隔日一早拔營，隨即面對一段落差三百公尺左右的陸上路程，這一段令人印象深刻的爬坡直到乳形峰下營地才漸漸緩和，途中七、八十度近乎垂直的岩壁路段多如牛毛，箭竹林裡難纏的倒木極濕極滑，還有形形色色阻礙行走的障礙，都像一再複製的危險試煉。沿途露水濃重，雨衣內外早已溼透，揹著重裝走在這樣的路上是徹頭徹尾的苦難。兩個小時後，抵達四、五十年前萬大林道終點「八林班」直攻干卓萬山的叉路口，這條古早路線循著乳形峰西支稜而來，林道已死，這條路線也跟著廢棄，只留下不明顯的痕跡。

鑽出箭竹林，海拔近三千，箭竹改頭換面如草原，視野開闊，心情也變得疏朗，漸漸忘了早前的陡升折磨。天邊浮現雲團，午後一定下雨，幸好行進保持一定的速度，幾乎與計畫花費的時間一致，如此很有機會趕在下雨前抵達三叉峰下營地，即使躲不了，也不至於在斷崖遇雨，險上加險。

爬上箭竹緩坡慢慢折向東南行，經過幾處窪地，看來都可紮營。接著再度陡上，根據紀錄，在此可以瞭望乳形峰的「乳形」，大概悟性駑鈍，我來回搜尋稜線，就是沒能找到高踞的「雙乳」。經乳形峰東鞍營地，遠望北方的萬大水庫在遠近山巒包圍下，顯出翠青旖旎的風光，若逢豐水期，萬傾碧波必然更加迷人。揹起重裝續行，開始由緩坡再次鑽進箭竹林，慢慢踢上三二三六峰，干卓萬山就在此峰之後。這段路上有不少展望點，可以從北方瞭望卓社大山稜脈的西北面，這一條號稱「卓社十八連峰」的稜線從三叉峰岔出，起起伏伏朝西南方伸延，直到最高峰卓社大山以西又如三叉戟般分出三股支稜，盡於濁水溪上游溪谷，雪白的雲塊籠罩著高聳的山頭，天光仍然清朗，依稀還能認出卓社大山以東遠處的六順山。

大概從這一帶開始，野地上出現一種體型極大的螞蟻，數量驚人，如影隨形，處處可見，休息時坐著也不得放鬆，必須時時變換姿勢位置，以防螞蟻上身，背包再度上肩時，也要細心檢查巨蟻是否偷渡。它們不像山下常見的螞蟻，四散爬行，毫無秩序，彷彿自恃體格碩大便橫衝直撞。隔天往返卓社大山，沿途到處也都可以見到這種大紅蟻，無論裸露的岩石或步道，幾乎全遭佔據。它們行色匆匆，完全看不出忙些什麼，但一定有什麼重要的事情值得忙碌，我們只是特地造訪的來客，互不侵擾就是合宜的尊重了。

越過三二三六峰，前方高大的山頭就是干卓萬山。短箭竹鋪滿山坡，起伏的高山原野令人精神大振，一身的疲累與汗水都被八月高山帶有涼意的輕風拂得乾乾淨淨。時間接近中午，四周雲氣開始聚攏，終於爬上干卓萬山時，正午的陽光正漸漸黯淡虛弱，不過山頂展望遼闊，牧山、火山還有迢遙的卓社大山，干卓萬群峰都在視野之中。

干卓萬山標高三二八四公尺，東西兩面是廣闊的箭竹坡，南側崖壁聳峭，東南面連接瘦稜，兩側是一瀉千尺的崩崖，西南側也是深垂的絕壁，地形險惡。整個干卓萬山群呈一U字形，西方重山之中的埔里盆地屋舍密布，東南方隱隱約約的電塔是「臺電新東西輸電線路」的設施，一旁就是七彩湖。站在干卓萬山頂原地轉一圈，看見的超乎想像，北方雪山山脈群山、中央山脈北從南湖中央尖經奇萊、能高一線以至南方的關山、東北方的奇萊東稜、西南方的東郡山彙，還有最遠最高的玉山群峰，都在中央山脈以西地處島嶼中心地帶的干卓萬山峰頂的視野之內。

我們滿足地告別，循著明顯的路徑下行到山腰的箭竹坡，趁著陣雨前陽光熱力尚存的短暫時刻曬帳篷曬睡袋，也曬一曬疲憊的身軀。不久，空氣中漸漸瀰漫不安的氣息，午後雷陣雨的徵兆愈來愈明顯，我們趕緊收拾上路，抵達營地前還要應付著名的干卓萬斷崖。

經過鞍部緩坡向上進入樹林，不久出了林子，斷崖迎面而來。斷崖介於干卓萬山和三叉峰之間，脆弱的地質使得地形既破碎又危險，崩塌是進行式的，地震、暴雨、風化、日曬……。斷崖路段分成兩處，兩處都是尖削的斷稜，必須在稜線兩側的崩壁上來回橫渡上下，有時路在瘦稜之上，兩側崩壁近乎垂直，經常看見碎石滾落深淵，時而聽見刷刷沙沙難以判斷從何傳來的落石聲響，總令人驚心。拉繩爬升是免不了的，絕壁有的高一、兩樓，有的十餘公尺，前人架繩幫了大忙，不過繩索終年經受風吹日曬，不值得全然倚賴，自助者天助，尋找可靠的踏點為支撐，借力使力，這是從有限的山野經驗汲取的教訓。有限山野經驗的另一個訓示是，在山上凡未經驗證的絕不輕易相信，穩固的岩石其實即將滑墜，看來靜止的崩壁輕輕一踩就被喚醒，有時攀繩而上發現繩索緊靠石緣的細股已磨損斷裂，那些踩點被踩成傾斜但似乎穩妥的小崩壁，一踩才知不妙。

干卓萬斷崖集險惡地形之大成，猶如一座終極試煉場，即使經歷奇萊卡羅樓瘦稜、馬博拉斯橫斷烏拉孟斷崖、丹大東郡無雙最高峰絕壁和奇萊東稜無止盡陡峭下坡的洗禮，仍緊張如多年前第一次忐忑走向奇萊。斷崖瘦稜上不知因地震或風雨侵刷而崩開的裂縫，粗短的黑暗洞口像通往另一個時空的入口，一邊這樣想著一邊循徑而走，危險如濃霧周身籠罩，緊張、謹慎但沒有恐懼，與其說從頭到尾都不曾出現跌倒摔下崩壁的念頭，不如說這種想法不允許在此露頭，不狠心走過去，就只能卡在斷崖上動彈不得，繼續走，害怕是多餘的裝備，解決不了問題。在光禿禿的斷稜上，沒有人能伸手牽成，惟有無視兩旁險惡，專注眼前，一步一步踩穩踏實。即使如此也無法確保安然通過，只能向前推進，惟能如此，別無他法。

千卓萬斷崖地形破碎，處處崩塌，如此險惡的山區卻是高山花卉樂意落腳之地，矮小的植株垂著或挺著相對碩大而妍麗的花朵，非常搶眼的生存策略，招蜂引蝶，很難令人不多看兩眼。和近乎單一色彩的鐵杉林與箭竹原海量的壯美大異其趣，惡地上的花草體態嬌小卻擁有豔麗的容顏，即使身處險境也不由得停下腳步彎腰看一眼。

斷崖路段的終點在一面崩壁上方的缺口，崩壁的表面脆弱而破碎，每踩一步腳下的碎石就如腹瀉般摔落深谷，缺口下方的碎石坡斜斜掛著一根大枯木，只要翻過枯木爬上缺口，驚險路段就結束了。我抬頭盯著大倒木，深怕倒木突然滑落，直到終於翻上崩壁，走進樹林前回頭看了一眼，竟然想不起一、兩分鐘前究竟如何踩在鬆動的土石上爬上斷崖，只知一步一步往前走向上爬，似乎與崩壁面對面，自然知道怎麼做。人生好像也是如此，面對問題，不迴避，自然會想出解法。

經過森林，短矮的箭竹再度鋪成原野，這時巨大的雨滴從陰黑的天空掉了下來，我們認命地套上雨衣雨褲，不久雨卻停了。離三叉峰下營地僅十分鐘路程，我們加快腳步，打算一到營地立刻紮營，只要避開中央的漥地，還是找得到適合搭帳的基地。不料才卸下背包，正攤開營帳，暴雨即霹靂落下，閃電爆亮，驚雷大響。

天地烏暗，風雨齊作，聲勢嚇人，空曠的箭竹坡無處可躲，我們愣愣站著，動彈不得。營地邊緣矮稜下的箭竹坡有一頂棄置帳篷，看起來像一隻腐爛的水鹿，只剩皮骨癱垮在地。我們衝過去拆下外帳，驚見帳下藏著一只大背包，大概是某次意外的殘遺，匆匆將背包塞進內帳，抱起外帳覆在我們撐了一半的帳篷和其他裝備上，此外什麼也不能做，所有人站在雨中，望了一眼那堆不太有機會回到山下的殘骸，傻子似地枯立在海拔三千兩百公尺的高山穿著雨衣繼續淋雨。

三叉峰下營地是干卓萬與濁社大山稜線交會處的重要據點，以此為中心放射狀往來牧山、火山與卓社十八連峰，如同十粒溪，這片高海拔開闊地也是熱門的宿營地。這裡離牧山腳下的大水池僅十五分鐘步程，牧山池是一片看天池，四周都是礫石地，水色微黃，但舀上來後幾乎看不出顏色，如果不是活水症候群患者，完全不必考慮是否過濾，重要的是池水穩定，選擇在三叉峰下過夜，牧山池是一大因素，可惜營地短箭竹鋪地，開闊卻不避風，四周高中央低，像個沒有洩水口的水盆，以至於經常傳出在此紮營卻慘遭惡劣天候折磨的故事。

我們呆立在矮稜上，眼見來時的枯坑眨眼間變成池子，零星四布的水窪一個接一個滿溢而出，四處漫淹，最後整片營地積成一方小潭。驟雨狂灌不休，直到東方天邊露出午後的殘光，夾帶飽滿水氣的烏雲正在消淡，暴烈的雷陣雨即將氣盡。不知誰起的頭，隊友紛紛翻出水袋水罐，頂著風蹲在水坑旁取水，新鮮的雨水比牧山池水清澈乾淨，也省下頂著淒風苦雨往返取水之苦。

一如來時匆匆，雨勢霎時中止，大夥立刻動手，火速架起帳篷，最後一支營釘固定完成時，營地中央的水池已消隱一大半，只餘水坑零星散布，有的已經見底，濁水浮在泥濘之上，不僅天上雲雨變幻倏忽，這種高海拔地帶的澇旱榮枯也頗驚人。根據行前得知的趨勢，接下來幾天的氣候型態大致相仿，我們漸漸習慣午後的突來的雨勢，不可反抗的只好面對，設法化解。

雨後的三叉峰下營地無比清麗，空氣是濕潤的，土壤也是，箭竹葉沾著殘雨，陽光從西方斜斜射下，火力已大大削減，水鹿高亢的啼叫在山間迴盪，稀疏而孤單，不太容易分辨確切的位置，但該是它們出門活動的時候了。不久，霧氣漸漸濃重，天邊一道彩虹掛了好一陣子，鮮豔的色彩已略為消褪，我們沒能目睹彩虹淡去，而是和它一齊被濃霧吞噬。營地西側隱約出現鹿的身影，在雲霧飄移流動的間隙，我看見一頭體型壯碩的雄鹿頂著一對二叉三尖巨角站在矮稜上，逆著光木立不動的剪影像一片剪紙，即使相距僅僅二十公尺，在此刻向晚的昏微天光下卻顯得遙遠、虛幻而神秘。

入夜後水鹿大舉出動，跺蹄、噴氣，活生生的騷動窸窸窣窣傳進帳篷，這些巨獸從扁平的黑影活成有形有狀的肉體，景色單調的箭竹草原因水鹿而熱鬧起來。干卓萬的水鹿個頭比磐石山區的粗壯，而且雜有雄鹿，不像磐石山區只見雌鹿，共同之處則是無論雌雄都一樣羞怯，或者說深具戒心，總與人隔著一段安全距離，不像嘉明湖或能高安東軍的水鹿大軍，見慣人多幾乎與人混成一片。

一夜休息，感覺就像新生，偶爾翻身乍醒，聽見鹿隻啃咬箭竹或踩過箭竹，細微的聲響猶如夜之精靈的喘息，感覺不太真實。有時高山冷瑟的夜令人感到虛幻，這種珍貴的虛幻不可能出現在平常生活中，帶不走，也買不到，只有一步一步才走得到，然後在有限的逗留中短暫擁有。

隔日起早，摸黑走向遙遠的卓社大山。卓社大山以漫長的路程聞名，與三叉峰下營地直線距離不及六公里，實際走起來一點也不像看起來那麼近，一路起起伏伏，翻過卓社東峰後號稱還有十八連峰。雲層看起來相當厚重，遮掉一大半日出前的微光。天候似乎愈來愈難捉摸，氣象預報不可能面面俱到，那些未設測候設備的深山只能仰賴附近的觀測數據。在山上，遭遇晴雨的是自己，判斷天氣只能靠自己，晴也好雨也好，沿途都是可觀的風景，晴好時峰川盛景，高山綠野舒心宜人，雲雨霧雪時往往看見自己，或堅毅或軟弱。走一趟高山，事前準備細瑣繁密，裝備、食物、交通、證件……，極其瑣碎，和平地旅行不一樣，上山途中存在許多阻止前進的障礙，高寒的山區並非輕易來去無阻

之地，好不容易在路上了，花心思仔細觀看——包括自己的心理——而不只期待藍天白雲翠山綠野，這不是理所當然的嗎？一踏上卓社大山之路，我就抱著如此念頭，這一向是我用來武裝的矛與盾，自己的敵人總是自己，不是無止無盡的迢迢山徑。

十八連峰何止十八個山頭。跟著稜線起起降降，翻過山峰一個又一個，斷崖垂降一段又一段，似乎一點也沒有更接近翠綠的卓社大山，直到爬上峰頂，卻錯過三角點，繼續往前走了幾十公尺緩下坡，發現前方沒有更高的山頭，稜脈也逐漸低下。這是一次明顯的失誤。

陣雨來得一天比一天早。離開卓社大山時陽光四射，愈接近正午，雲團愈密，彷彿重兵布署完畢似地，不久整條卓社大山稜脈上空烏雲密布，豆大的雨滴重重摔落，打在雨衣上，劈劈啪啪出奇響亮。我們低頭走路，不敢分心，沿路只瞥見箭竹和灌叢的枝葉在暴雨中起伏。雨勢愈來愈烈，從卓社東峰南側腰繞而過時，雨滴不僅粗大到粒粒分明，甚至泛著茫白而非清澈透明的水色，落地後激起的珠沫高濺四、五寸，整座山宛如沸騰，逕流從高處往下奔沖，又從步道兩旁向微微凹陷的步道匯集，使得步道瞬間變成河道，尺餘寬的高山小溪凶狠急切地衝向低處，細看還有一顆顆灰白小珠漂在土濁狂流上，這才察覺原來雨中夾帶冰雹。

雨勢漸漸平息，回到卓社東峰和三叉峰間最低鞍時，雨停了，濃霧接手，在無盡的峰巒間往復瀰漫，或聚或散。霧中的山色時而變幻，清晨遠望東方的牧山與火山，在初起的陽光下顯得溫潤且翠麗，清晰無礙的稜線像開朗平舉的雙臂，等著我們縱身投入它的懷抱；此時籠罩於霧中，巔峰隱沒，斷斷續續的稜脈彷彿跳躍的詩句，凝視才拼湊得出其中的詩意。

置身詩意洋溢的山色中，我們卻只能拖著疲憊的身軀踩著頓重的步伐一步一步爬回營地。

黃昏時分，東方天際掛出一彎淺淡的彩虹。一夥人圍坐在廢棄帳篷搭起的天幕下，吸著潮濕的高山大氣，安靜目送遠方的彩虹在漸弱的天光中消淡。

沒有燈光的黑夜是一件好事。

大概來回卓社大山過於疲累，那一夜難以成眠，不是真的沒能入睡，而是在醒睡之間反覆，好幾回黑暗昏沉之際意識到即將睡去，卻一再被「即將睡去」這個念頭驚醒，被迫傾聽一旁同伴規律如機器運轉的鼾聲，令人沮喪又疲憊。繼續窩在睡袋裡毫無用處，不如鑽出帳篷。

外頭的天地無雲無月，星光繁密，在平常人間難以想像的遙遠高空發亮。山總是在可以辨識的遠方，即使受到樹石峰巒遮蔽，只要準備充分謹慎前行就走得到。地上的遙遠可以道里計，天上的遙遠再怎麼想望也不可及，這麼想一點也不令人氣餒。爬山讓人體認步步都要謹慎，每一步都必須事先看清落腳所在，每一步都是平安與危險的拉鋸，猶如拔河只容許將全副心思與氣力集中在

「正在進行的」，令精神緊張，令體膚發熱流汗。那些美麗如星光者或許異常珍貴，正因珍貴到超乎經驗，所以只適合仰望。

營地四周有不少水鹿，一定是固定出沒此地的一個群體，有的正在嚙啃箭竹，扭斷咬斷枝葉的喀吖聲比最遙遠的星光還蒼白；有的像山一無動靜，準確地說應該是我知道它們如雕像般隱沒在深沉的夜色裡，我並未真的看見那些枯立著的巨獸。看不見不等於不存在，相對地，看見並不總是意味著「有意義」的存在，就像天星，看見就只是看見。

我取出鍋爐煮水，爐火在暗黑無明的深夜呼嘯，彷彿賣力歌頌一個沒有燈光的夜晚。

鬧鈴刺破三叉營地寧靜的夜。隊友一一走出帳篷，著裝、煮食、暖身。我們在漸亮的曉色中出發，一走上營地東側矮稜，便隱約望見牧山的剪影。摸黑的好處是只看得見前方幾公尺，沒有連綿的山頭，也沒有漫漫無盡彷彿走不完的路，不容易預見急升或急降，往往實地踏上才感覺到雙腳接觸地面的角度有所變化。我們在將明未明的時刻路過牧山三角點，頭燈匆匆照亮基石，這是第一次爬上做為目標的山頭卻不停步。

隊伍繼續前進。把山頭當作目標究竟是怎麼回事？摸黑趕路又有何意義？對我而言，收集三角點引不起強烈的喜悅，反而經常有種「事情做完了」的空虛感。我似乎更樂意爬地圖山，在攤開的圖紙或電腦螢幕上東查西找，描繪路線，把密密麻麻的等高線以想像還原成山勢，陡坡、鞍部、溪谷……。接著找時間找同伴一齊踏上旅途，驗證在書桌前描繪的陡坡、鞍部、溪谷與真實地貌的差異。毫無意外地，兩者的差距總有如天壤，把計畫化為事實的過程意味著巨大的艱辛，地圖上的一分一寸放大千萬倍後才是實情，必須穿越地圖沒有描繪的密林、箭竹海或尖銳的灌叢，橫渡或高繞地圖來不及更新的崩壁，如果把陡坡看做非攻克不可的敵手，那麼所有對手都不像地圖上呈現得那麼緩和易取。

爬山徹頭徹尾就是一趟全程流汗且偶爾付出鮮血的瘋狂之旅，這件傻事和飛越萬里前往克羅埃西亞觀光在形式上有所差異，本質則一致，旅人睜大眼在疏遠的國度看見想像不到的風景，爬山人放開心看見的卻是來自內心的驚喜與脆弱。兩者都是陌生的景色，然而最令人驚駭的風景總是大自然。

一從干卓萬山群最東邊上的火山返抵營地，我們立刻動手拔營，一邊趁日頭正猛晾曬裝備，一邊吃午餐。根據行前的氣象預測，以及過去幾天的經驗，午後雷陣雨必定降臨，更令人擔心的是陣雨一天比一天更早降臨，盡早上路才能少受暴雨的轟擊，尤其幾個小時後必須再次通過干卓萬斷崖，如果遇雨，則無異將自己推入險境。陽光熾烈得令人不願相信天氣即將惡化，但人終究是一種易受經驗牽制的生物，大家默契十足地迅速收拾，該復原的復原，該帶走的也不留。

天候變幻倏忽。發動圍剿的是一片片灰雲，陽此收斂，西方天空烏雲漸布，近地的霧氣在風勢鼓動下開始瀰漫，雲層有效率地集結，天色陰黑，空氣變得潮濕，風吹得愈來愈用力。厚重的積雨雲在高空醞釀，一場暴雨必定難免，從雲層的積聚變化看來，雨早該卻仍未落下，旺盛的對流雲一定插手其中，在雲團裡來回翻騰，如棉花糖或滾湯圓般把水沫一層一層裹上早該掉落的雨滴。

我們通過第二段斷崖，走在尖削的瘦稜上，危顫顫地，有幾段稜線從中崩裂，錯開後的稜線斷斷續續，路徑忽左忽右，步步為營，無法走得更快。此時我無心再欣賞那些毅力堅強的草花，只是在暴雨將至前一刻邊走邊想，那些不可思議的植物挺著嬌嫩細莖，長在山脊，牢牢抓住危坡，與兇惡的斷崖一點也不相稱，如果演化確實存在且為可信的事實，那麼這些植物究竟為了或遭遇了什麼，非讓自己陷入如此不可靠的境地。

雨來了。

腳下磽薄的表土突然濕黑，一點，又一點。我往前推進幾步，在一塊及腰的大石旁卸下背包掏出雨衣，早有迎接大雨的強烈預感，也準備好了，斷崖只剩最短的一段，憂懼減輕不少。意外的是大雨不如預期地傾盆灌落，稀稀疏疏持續不到一分鐘，雨衣仍然乾爽。天空更加暗沉，如陰天日落後的天色，而此時尚未過午。這個不祥的徵兆轉眼間就成為事實了，在最後一面必須拉繩攀緣而上的峭壁前，暴雨彷彿全面發動的戰陣，撞擊地面，濺彈如花，轉眼間灰黑的岩表變得烏黑，淺褐土色濕成深棕。看來雨冰將再度齊飛，在斷崖上踩著冰珠前進，既臨淵又履冰，一定會是一場夢魘。

噩夢幾乎成真。冰雹降下前我們及時脫離斷崖，躲進三一四九峰頂的森林。冰珠穿過枝葉的縫隙墜落，即使天色陰鬱林下光線黯淡，樹林底層的枯棕色調仍把雪白的冰珠襯托得十分顯眼。出了林子，一眼便看見對面的千卓萬山，在愈來愈密的冰雨中，前方一大片青翠的箭竹原迷迷濛濛，如另一個世界。冰雹與前日相較粗壯不少，大於黃豆小於花生仁，打在身上霹霹啪啪作響，比小鼓快速的滾奏更急切更嘹亮，原來前日冰雨齊降的異象只是隔日奇觀的前奏。

三一四九峰西側鞍部與干卓萬山落差大約一百五十公尺，全程走在開闊的箭竹坡，本來是一段宜人的上坡路，此時走來異常艱辛。步道人來人往，早已踩出一條清晰卻凹陷的路跡，低於兩旁箭竹著根的地表，我們再次遭遇步道淪為河道的困境，滑溜的冰珠令腳步打滑，有人仆倒有人踉蹌，向下沖竄的水流把平常的爬坡路升級成障礙賽道，表面漂著一層冰粒，貫穿翠綠的箭竹草原，宛如陰鬱白日下的銀河。冰雹融得很慢，但氣溫低降是冰珠吸熱的跡象，暴露在外手臉只感到冰寒，羽衣裡的軀體四肢卻彷彿運轉過度散熱不佳的引擎，體力耗失，步伐緩重。

再一次爬上干卓萬山頂，沒有人露出攻頂的喜悅，反而既倉皇又狼狽，疲態俱現，還有一臉驚異。三角點四周是一片小平台，眼前所見與兩天前完全相異，冰珠積了一、兩寸厚，仲夏雪白，但不是真正的雪色，帶著淺淡的灰，那是冰才有的色調，腳一落下，擰水似地擠出窸窸窣窣的碎響，而雪是無聲的。多麼罕有的景致，大概再也沒有相似的機遇了，可惜天候不許照相，甚至沒有絲毫餘裕讓我們從背包翻出封裝嚴密的照相機，只容用眼用心用身體去看去感受去記住這一片冰晶封鎖的天地。

這一場奇異的午後陣雨不見歇止的跡象，初時大雨夾雜冰雹，此刻落下的幾乎都是冰珠，這是我所經歷最嘈雜的三千公尺級山頭，新降的冰雹撞擊安息在地面的冰珠，彈飛騰跳。這是不安、雀躍的千卓萬。

霧氣漸漸生起。薄霧中我們離開干卓萬山，踩著冰珠滿布的步道——或水道——小心翼翼下抵三二三六峰鞍部，冰雹又密又急，途中我們數度以樹石為掩蔽。此後一路下坡，好幾個路段因積水而不得不另繞他路，濕滑驚險的下坡是速度的剋星，再度抵達十粒溪營地，比預定時間遲了不少。

雨持續到傍晚，只能冒雨紮營。雨停後，殘餘的昏弱天光勉強穿透樹冠，營地旁的山坡持續灌下水來，當是稍早那一陣亂冰正化做水，奔向該去之處。凍結了幾個小時的雨水終於融化，這樣才好，若當時所有集結高空的水氣全部凝結成雨傾倒而下，危險的山路勢必愈加險惡。果真如此，則一顆顆打痛身體阻礙前進的不晶瑩的冰粒不但冰封干卓萬，也冰封了潛在的危險。

再度紮營十粒溪，干卓萬之行最後一夜，一個驚恐與感謝交加的淋漓之夜。

後記

節制的山嶺

爬山是一件事，所以爬山必有所求。這是武斷而危險的邏輯，卻不能否認其中含有某種正確，一種相當魯莽的正確性。有人上山覽看風景，有人求「百岳」之名，有人藉此營生，有人入山追求自在，還有人追求無所求，這些追逐與渴求，在本質上，看不出與普通日子裡的慾望有所差別。山就是山，荒野自然是一種客觀的存在，不會教也扭轉不了人類世界的慣性和德行，不能讓人變得更好或更壞。我曾目睹山間瞬間生死與形形色色的品德，那些山下無奇之事不應出現在山川林谷。因此，嚴格的自我節制是必要的，這是為了盡量跟山羊水鹿一樣平凡一樣自在，也為護持一個在持續崩壞的世界裡仍然美好的境域。

國家圖書館出版品預行編目（CIP）資料

凡人的山嶺 / 王威智著 . -- 初版 . -- 臺北市 :
蔚藍文化 , 2019.10
面； 公分
ISBN 978-986-97731-0-2(平裝)

863.55 108005880

凡人的山嶺

作　　者／王威智
指導機關／花蓮縣政府
社　　長／林宜澐
總 編 輯／廖志墭
編　　輯／王威智
書籍設計／賴佳韋工作室

出　　版／蔚藍文化出版股份有限公司
地址：10667 臺北市大安區復興南路二段 237 號 13 樓
電話：02-7710-7864 傳真：02-7710-7868
臉書：https://www.facebook.com/AZUREPUBLISH/
讀者服務信箱：azurebks@gmail.com
總 經 銷／大和書報圖書股份有限公司
地址：24890 新北市新莊市五工五路 2 號
電話：02-8990-2588
法律顧問／眾律國際法律事務所　著作權律師／范國華律師
電話：02-2759-5585
網站：www.zoomlaw.net

印　　刷／世和印製企業有限公司
定　　價／臺幣 300 元
初版一刷／2019 年 10 月

ISBN：978-986-97731-0-2（平裝）

本作品由財團法人國家文化藝術基金會贊助創作
本出版品獲花蓮縣文化局補助